恋のぼり

二人で見ていた、あの空に

喜多嶋 隆

角川文庫 16643

恋のぼり

二人で見ていた、あの空に

目次

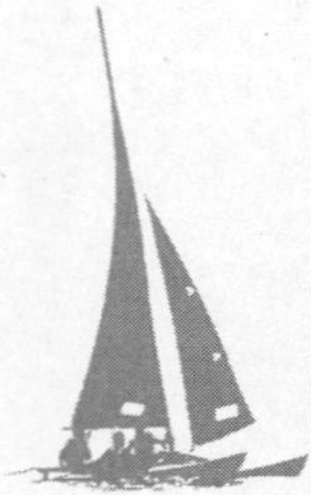

Prologue

春は、吹いてくる風の中にある。
まだ肌寒い冬の北風の中に、
土から顔を出した新芽の香りを感じることがある。
もうすぐ辛《つら》い冬が過ぎ去り、
春がそこまできているのを教えてくれる一瞬……。

それは、どんな厳しい人生にも、
いつか陽の当たる希望の日がくると、
はげましてくれているように、わたしには感じられる。
そんな、冬が春へバトンタッチをする季節から、
ひとつの物語が、はじまる……。

1　屋根の上のヨット・ガール

「やめときなよ」

と、下から声がした。ハシゴを押さえている知子《ともこ》が、こっちを見上げている。そして、

「落ちたら、痛いよ。大ケガするかも」

「黙っててよ。やるっきゃないんだから」

わたしは言った。お風呂場《ふろば》と洗面所で、雨漏《あまも》りがしている。その原因をつきとめないわけにいかない。一階家の屋根にかけたハシゴ。それを、注意深く登っていく。滑らないように裸足《はだし》で、わたしは、一段一段、登っていく……。

やがて、ハシゴを登りきる。ハシゴから、瓦《かわら》ぶきの屋根に、そろそろと移る。傾斜のある屋根に、両手両足で、へばりつく。

まだ3月に入ったばかり。空気は、ひんやりと冷たい。けれど、一日中陽射しを浴びて

いた屋根の瓦は、ほんのりと温かかった。手と足の裏に、そんな瓦の温かさを感じながら、わたしは、そろそろと屋根を登っていく……。

かなり大きな家なので、屋根の面積も広い。わたしは、両手両足をつき、慎重に登っていく。やがて、屋根のてっぺん近くまできた。そして、〈やっぱり……〉と、胸の中でつぶやいていた。瓦が3枚、はがれてなくなっていた。その周囲の瓦も、割れかけている。これじゃ、雨漏りするのも当たり前だ。

わたしは、屋根のてっぺんに腰かけた。ほっと息をつく。知子も、屋根に上がってくるのが見えた。わたし同様、両手両足で登ってくる。やがて、わたしと並んで、屋根のてっぺんに腰かけた。そして、

「絶景じゃん」

と言った。わたしたちの目の前。葉山の海がひろがっていた。午後の海が、眩《まぶ》しく陽射しを照り返していた。この家は、もともと海に面している。家の前は、一方通行の道路。その先に、防波堤がある。居間から見ると、防波堤ごしに、海の一部が見える。けれど、こうして屋根に登れば、さえぎるものは何もない。ひたすら、相模湾《さがみわん》の海がひろがっていた。わたしは、この家で生まれた。高校卒業まで、ここで育った。けれど、屋根に登ったのは、初めてだった。この景色を見るのも、初めてだ。

「ああ、いい風」

知子が言った。海面の色が、一部分、変わった。突風《ブロウ》というほどでもない。が、そこそこの南西風が、わたしたちにも届いた。知子とわたしの髪が、風に揺れた。この季節には珍しい南西風……。わたしは胸に風を吸い込む。

「レース日和《びより》だね」

「ああ……」

知子が、うなずいた。

「南西の風、5メートル」

わたしが言うと、

「いや、7メートルは吹いてる」

知子が言った。わたしと知子は、小学生の頃からヨットをやっていた。中学、高校時代は、選手としてペアを組んで大会に出ていた。神奈川県のジュニアでは最強のペアと言われていた。確かに、レースには強かったと思う。と同時に、地元漁協のおっさんたちには、サザエやトコブシを密漁する不良娘たちとも言われていた。

知子が沖の方を指さし、

「練習してるよ」

と言った。確かに。ディンギー、つまり小型ヨットの帆《セイル》が見えた。白いセイルが、5枚ほど動いている。けれど、ヨットの動きは、あまり良くない。のろのろと動いている。

「ナメクジ！」

と、わたし。

「カメ！」

と知子。のろのろ動いてるディンギーに向かって、高校時代のように叫んだ。もちろん、沖のディンギーには聞こえないだろう。それでも、ひさびさに大声を出して、少し気分が晴れた。その5分後、

「あーあ、こりゃひどいね」

と知子。瓦がはがれたところを見て言った。わたしは、うなずく。

「これだから雨漏りしてたわけよ」

「なるほどね。たぶん、プロの瓦職人にきてもらわないと、ダメだよ」

知子は言った。わたしは、うなずく。それはそうなんだけど……。

「お金かかるよね……」

と、つぶやいた。自分でも、声が沈みがちなのが、わかる。知子が、わたしを見た。

「あんた、ほんとに、このお化け屋敷で暮らすつもりなの？」

「だって、しょうがないんだよ……」

わたしは言った。胸の中では、〈こんなことになった以上、仕方ないんだ〉と、つぶやいていた。眼を細め、軽くため息……。

「あ、ゆうなぎ丸」

知子が言った。海を指さした。ちょうど、一艘の釣り船が前の海を横切っていく。うちの前を通り過ぎて、そばにある真名瀬《しんなせ》の港に戻るところらしい。この港の釣り船は、港に戻るとき、必ず、うちの前を通っていく。薄いグリーンの船体をした〈第十ゆうなぎ丸〉は、ゆっくりと、海を走っていく。船上には、釣り客、3、4人の姿が見えた。舵《かじ》を握っているのが誰かは、わからない。

わたしは、腕時計を見た。午後3時過ぎ。ちょうど、乗り合いの釣り船が、次つぎと戻ってくる時間。いまも、沖からこっちに走ってくる船の小さなシルエットが見えた。〈第十ゆうなぎ丸〉は、ゆっくりと走り過ぎ、港に入っていく。

「……そういえば、ゆうなぎ丸のおじさんも、サキのことを心配してたよ」

と知子。咲《さき》というのは、わたしの名前だ。

「ゆうなぎのおじさんが？」

わたしは、思わず、きき返していた。〈ゆうなぎ丸〉のおじさんは、ティーンエイジャーだった頃の知子やわたしに、一番厳しかった。わたしたちが、ヨットの練習のふりをしてサザエやトコブシを密漁していることに、一番厳しかった。〈この不良娘！〉だの、〈警察に突き出してやる〉だのガミガミと言っていたものだ。わたしがそう言うと、
知子が言った。

「だって、あれは昔のことじゃん。もう、15年か16年はたつよ」

「そっか……。そうだよね……。ずいぶん前のことだよねえ……」

つぶやくように、わたしは言った。あの頃のことは、驚くほどよく覚えている。けれど、年月は、どんどん過ぎていく……。わたしは、少し眼を細める。遅い午後の海を見つめていた。


居間。

ガランとした居間のすみに年代物のテレビがある。いま、画面に番組は映っていない。ただ、走査線が映っている。小さなボリュームで、ザーッというノイズが聞こえていた。

息子の航《わたる》が、テレビの前に座っていた。両膝《ひざ》をそろえ、両腕で膝をかかえている。走査線しか映っていないテレビを、じっと見ていた。屋根からおりたわたしと知子は、居間に入っていく。わたしは、後ろから航に近づいていく。

「ワタル」

と言いながら、その小さな頭を、軽く突いた。航が、ふり向いた。けれど、その眼には、なんの表情もあらわれない。ただ、こっちを向いただけだ。何も見ていない……。その眼に

航は、また、テレビに向かう。青っぽい走査線しか映っていない画面に目を向けた。両膝をかかえ、動かない。わたしと知子の目が合った。わたしは、ちょっと唇を噛《か》む。〈仕方ないんだよ〉という表情をしてみせた。知子も、軽く、うなずいた。縁側からおりて、ビーチサンダルを履いた。

「ゆうなぎ丸のおじさんに、顔を見せてあげなよ。ほんとに心配してたから」

と言った。わたしは、無言で、うなずいた。知子は、帰っていく。門を開け閉めするガラガラという音が聞こえた。黄色みをおびた夕陽が、庭と居間に射していた。

「サキ……」

と〈ゆうなぎ丸〉のおじさん。リールを水洗いしていた手を止めた。

翌日。午後4時。わたしは、航の手を引いて、家を出た。歩いて2分。真名瀬の港に出る。海沿いの道に並んでいる釣り船屋。その、まん中辺にある〈ゆうなぎ丸〉。ちょうど、釣り客は帰っていったところらしかった。おじさんは、客に貸していた釣り竿《ざお》とリールを、

水洗いしているところだった。やたらに細い釣り竿……。この時期、葉山の釣り船は、〈イワシメバル〉という釣りを、お客にやらせている。活《い》きているシコイワシを泳がせて、高級魚のメバルを釣る。活きイワシを自然に泳がせ、うまくメバルに喰《く》いつかせるために、釣り竿はごく細く、よく曲がるものを使う。いま、〈ゆうなぎ丸〉のおじさんは、そんな細い釣り竿と、両軸型の小型リールをホースから出る真水で洗っていた。釣り船屋のおじさんだからといって、ねじりハチマキをしていたりはしない。アディダスのトレーニング・ウェアを着て、紺のニット帽をかぶっている。おじさんは、航の手を引いたわたしを、あらためて見た。

「サキか……」

「ごぶさた」

わたしは言った。おじさんは、じっとわたしを見た。

「変わってないなあ……」

「そんなことないわよ。もう、34になったのよ」

「34か……。まあ、そりゃそうだな……。けど、あんまり変わってないよ……」

と、おじさん。水道の水を止めた。洗っていた釣り竿を、店の壁に立てかけた。

「おじさんこそ、変わってないわよ」

わたしが言うと、おじさんは苦笑い。

「おかげさまで、元気は元気だが、白髪《しらが》がふえたよ」

と言った。頭にかぶっていたニット帽をとってみせた。短めに刈った髪には、確かに白髪がふえている。あの頃、四十代の中頃だったおじさんも、もう60歳ぐらいになるだろう。それは、当たり前だと思えた。おじさんは、わたしと向かい合った。わたしは、サッカー選手がベンチで着るような、たけの長いスポーツ・コートを着て、ジーンズをはいていた。ダウンウェアを着た航の手を引いていた。おじさんは、じっと、わたしを見る。

「知子からきいたよ。ダンナをなくしたんだってな……。大変だったなあ……」

と言った。わたしは、ただ、唇を軽く結んで、小さく、うなずいた、そして、

「交通事故で……」

とだけ言った。おじさんは、うなずく。わかってるよ、という表情で、何回も、うなずいた。おじさんは、わたしのそばにいる航を見る。

「坊やか……」

と言った。少し腰をかがめ、航の頭をなでた。航は、無表情のままだ。おじさんは、航が人見知りをしていると思ったようだ。普通ではない無反応さには気づいていない……。

2　ヘボ釣り師は、とっととうせろ
「そういえば、サキ、あの家を買い戻したんだってな……」

おじさんが言った。わたしたちは、〈ゆうなぎ丸〉の前にあるベンチに腰かけていた。そばにある自販機で買った温かい缶の緑茶を飲んでいた。

「うん……買い戻した」

わたしは言った。祖父が建て、父が売り払った家を、わたしが、また買い戻した。

「そこそこ高かっただろう」

と、おじさん。家は、知子が〈お化け屋敷〉と言うぐらい古ぼけている。けれど、土地がかなり広い。それを買い戻すために、ダンナの死亡保険金などをあてた。けど、そのことは口に出さなかった。

「それはいいんだけど、家がいたんでて……」

わたしは言った。瓦《かわら》がはがれて雨漏りがする。雨どいも、あちこち壊《こわ》れている。それ以外にも、修理しなければならない所はある。わたしがそのことを言うと、おじさんは、しばらく考えている。

「……そうそう、高校でサキと同級生だったコウイチ、いるだろう」

「コウイチって……サッカー少年だったあいつ？」

わたしは言った。思い出すことができた。確か、鈴木恒一《すずきこういち》。サッカーをやっていたので、一年中、陽灼《ひや》けをしていた。わたしたちが通っていたのは、神奈川県立の高校。県内あちこちから生徒が通ってきていた。鈴木恒一は、わたしと同じで葉山から通っていた。そのせいで、わりとよく話をしたものだ。恒一は、プロのサッカー選手になるのが夢だと言っていた。当時、日本でもJリーグが発足した頃だったと思う。恒一は、カズ、つまり三浦《みうら》知良《かずよし》みたいになるのが夢だと言っていた。

高校を卒業して、わたしは東京に移り住んだ。恒一との音信は、とだえていた。〈ゆうなぎ丸〉のおじさんが、口を開いた。

「あの恒一の親父さんは、もともと、葉山の長柄《ながえ》で工務店をやってたんだよ。その親父さんが、作業現場でケガをしちまって、長く入院することになったらしい。で、工務店は、息子の恒一が継《つ》いだのさ」

「へえ……恒一が、工務店を……」

わたしは、つぶやいた。サッカー選手になるのが夢だった恒一が、工務店を……。そんな、わたしの思いには関係なく、おじさんは話を続ける。

「恒一の工務店は、けっこう、うまくいってるらしい。ってのも、古い家のリフォームや修理を専門にやってるからなんだ」

「……古い家の……」

「ああ……。葉山や鎌倉には、古い家や古い店が多いだろう？　恒一は、そこに目をつけたわけさ。そんな古い家や店の修理を専門にやりはじめて、いまじゃ、けっこう繁盛《はんじょう》してるらしい」

「へえ……」

「じつは、半年ほど前、うちの店も恒一に修理してもらったのさ。釣り具を入れる倉庫の屋根を修理させたんだが、ちゃんとした仕事をしたよ。サキも、恒一に相談してみたらどうだ？」

おじさんは言ってくれた。わたしは、うなずいた。屋根をはじめ、どうしても修理が必要なところは、何ヵ所かある。どうせなら、知り合いに頼む方が安心だ。

「よかったら、おれが恒一に連絡してやるよ。工務店の電話番号もわかってるし」

と、おじさん。

わたしが、電話番号を書いたメモを、おじさんに渡したときだった。

近くで鋭い声がした。何か言い争っているような……。わたしは、そっちを見た。

釣り船のおやじさんと、釣り客が、何か言い争っていた。釣り船は、〈明神丸《みょうじんまる》〉。おやじさんは、短気なことで有名だ。まわりからは、偏屈《へんくつ》とか、超がつくほど頑固《がんこ》とか言われている。いまも、〈明神丸〉のおやじさんは、釣り客と何か言い争いをしている。ま新しいフィッシング・ウェアで身をかためた中年の釣り客が、何か文句を言っている。どうやら、きょう、イワシメバルの釣りに出たらしい。ところが、そのお客は釣れなかったようだ。

そのことで、船頭の腕が悪いとか、乗船料を返せとか、文句をつけている。

「笑わせるんじゃない。腕が悪いのは、あんただろう。自分がヘボなのを棚に上げてガタガタ言うのは、筋ちがいもいいとこだ」

と〈明神丸〉のおやじさん。

「ヘボ？……」

釣り客の顔が、紅潮した。

「ああ、ヘボだね。ほかの客は釣れてるんだから」

と、おやじさん。〈ほかの客は釣れてるんだから〉のひとことで、釣り客は、一瞬、言葉につまる。痛いところをつかれたんだろう。それでも、おやじさんと釣り客は、しばらく言い争っていた。やがて、若い男がベンツのワゴンを店の前に回してきた。釣り客に、

「社長」

と声をかけた。そして、ワゴンに、釣り具やクーラーボックスを積み込んだ。〈社長〉と呼ばれた釣り客は、顔を赤くしたまま、捨てゼリフ。

「二度と乗るもんか、こんな船」

「こっちこそお断わりだね。ヘボは、とっととうせろ！」

と〈明神丸〉のおやじさん。〈社長〉の顔が、さらに赤くなる。それを、部下らしい男がなだめる。〈社長〉は、ベンツのドアを開け、乗り込む。乱暴にドアを閉めた。

ベンツは、店の前から走り去る。〈明神丸〉のおやじさんは、道路にツバを吐いた。

「あい変わらずね……」

わたしは、〈明神丸〉のおやじさんを眺めて言った。おやじさんは、もう70歳ぐらいだろう。鶴《つる》のように痩《や》せている。眼光は鋭い。まわりからは、船の名前をとって〈神《じん》さん〉とか〈神《じん》じい〉と呼ばれている。

「ああ……あい変わらずだねえ……」

と〈ゆうなぎ丸〉のおじさん。ちょっと苦笑い。

「あれじゃ、お客は減らないの？」

「そりゃ減るよ。お客だけじゃなくて、船頭も減っちまってさ」

「船頭も？」

「ああ、神さん、若い船頭にも厳しいことを言うから、船頭がすぐやめちゃうのさ。いまは、1人だけだよ」

「1人だけ……」

わたしは、つぶやいた。わたしが葉山にいた頃、〈明神丸〉は、確か、3艘の釣り船を海に出していた。それが、いまは1艘……。

「神さんは、腰をいためて、もう船頭をやれないのさ。だから、1人だけいる若い船頭が船を出してるよ」

「そっか……」

わたしは、つぶやいた。〈明神丸〉の店の前。神じいが、ホースの水で釣り具を洗いはじめた。飛び散った水しぶきが、夕陽に光る。道路に落ちてる魚でも狙ったのか、トンビが急降下。わたしたちの目の前を飛び過ぎた。けれど、となりに座っている航は、なんの反応もしめさなかった。まるで、そこに置かれている人形のように……。

翌日。さっそく家に電話がきた。

「あの、こちら鈴木工務店と申しますが」

という声。その声には、どこかきき覚えがある。

「鈴木って……恒一でしょう？」

「あ、ああ……。小早川《こばやかわ》？」

と恒一。わたしの名前は、小早川咲という。結婚していた頃の苗字《みようじ》は松村だった。けれど、夫の死後、旧姓に戻った。高校時代から、恒一は、わたしのことを苗字の小早川で呼んでいた。まあ、それほど親しくはなかったとも言える。恒一はサッカー、わたしはヨットとサザエ獲《と》りに熱中していて、お互い忙しかったのも事実だ。

「葉山に戻ってきたんだってな」

「そう。それで……」

わたしは、簡単に説明した。約16年も放っておいた家にまた住みはじめた。ところが、家は、あちこちがボロボロ……。そんな事情を、ざっと話した。わかった、と恒一。とにかく見にいくと言った。3時間後の午後1時はどうかという。わたしは、

「いいわよ。待ってる」

と言い電話を切った。

午後1時ジャスト。門が開いて、玄関のチャイムが鳴った。わたしは、玄関を開けた。グレーの服を着た男の人……。それが誰だか、5、6秒、わからなかった。

「おれだよ、鈴木恒一」

と彼は言った。わたしは、心の中で〈え……〉と、つぶやいていた。ギャグ漫画なら、〈え〉に〈゛〉をつけるところだろう。声は、確かにきき覚えがある……。けど、これが彼とは……。高校でサッカーをやっていた頃の恒一は、細身だった。髪は短く刈り上げていた。一年中、褐色に陽灼けしていた。体がぶつかり合う激しいスポーツをやっていたせいか、なんとなく、とがった眼つきをしていた。

けど……いま目の前にいる彼は、別人だった。全体に肉づきがいい。色白の顔も、ふっくらしている。髪は、きっちりと七三に分けている。ワイシャツに地味なネクタイ。その上に、グレーのジャンパーを着ている。ジャンパーの胸には、〈鈴木工務店〉と縫《ぬ》い込まれている。ジャンパーを着ていても、かなりお腹が出ているのがわかる。わたしと同じ34歳なのに、七三に分けた髪も、はっきりわかるほど薄くなりかけている。

これが、あの恒一……。わたしは、しばらく絶句していた……。

3　磯鉄《いそがね》は、もう使えない

彼は、確かに恒一だった。顔つきに、高校生だった頃の面影がほんの少し残っている。けど、この変わりようは……。わたしは、ひたすら絶句していた。こういうとき、うまくとりつくろえる人もいるんだろう。でも、わたしには、そういう器用さはない。ただ茫然《ぼうぜん》としているわたしに、

「とりあえず、これ」

と恒一。ポケットから名刺を出す。わたしに渡した。〈有限会社　鈴木工務店　社長　鈴木恒一〉と印刷されていた。それを見て、わたしは、われに返った。そうだ、家の修理だった。

「あっ、それじゃ、見てくれる？」

と恒一に言った。いたんでいる所を、簡単に説明した。恒一は、うなずく。

「まず、屋根と雨どいだな」

と言った。玄関を出て、庭に回る。わたしが出してきたハシゴを、屋根にかけた。靴とソックスを脱ぐ。裸足《はだし》になり、ハシゴを登っていく……。30分ほどで、修理する箇所のチェックは終わった。わたしは、恒一を居間に通した。コーヒーを出した。それを飲みながら、

「修理の見積りは、3、4日で出ると思うよ」

と恒一は言った。居間のすみ。航が、膝《ひざ》をかかえてテレビを観ている。走査線しか映っていないテレビの画面を、ひたすら眺めている。恒一が居間に入ってきても、ふり向こうともしない。無反応……。

「きいたけど、ご主人をなくしたんだってな……。大変だったなあ……」

恒一が、コーヒーカップを置いて言った。わたしは、無言で、うなずいた。これといった言葉は出てこない。同情して欲しいとも思わない。湿っぽい話をするのも気がすすまなかった。恒一が、背中を向けている航を見た。

「坊や、いくつ？」

「4歳よ」

「うちのと同じだな……」

「男の子、女の子？」

「うちは女の子」

恒一が言ったときだった。携帯が鳴った。恒一が、ジャンパーのポケットから、携帯をとり出す。相手を確かめ、携帯で話しはじめた。相手は、自分の会社の人間らしい。仕事の話らしいやりとり……。

「……タイル職人が、その日給？　高いな。2、3千円は値切《ねぎ》れ。ほかにも職人はいるからって言ってやれよ」

と言って電話を切った。

「仕事、大変そうね……」

「うちは、修理が専門だろう。仕事の単価が安いから、職人をどう安く使うかが大事でね……。そうしていかないと、儲《もう》けが出ないんだよ」

と恒一。ぬるくなったコーヒーに口をつけた。わたしは、彼を見ていた。目が合った。恒一は、コーヒーカップを置く。

「……おれ、変わっただろう？」

「まあ……あの頃は高校生だったんだから……」

「そう、高校生だったんだな……。あれから、もう、15年以上たつんだから、人間、変わる方が当たり前だよなあ……」

と言った。わたしは、ただ、微笑していた。恒一の言葉に、うなずけるところもある。同時に、〈ちょっと待てよ〉、〈本当にそうなのかな?〉という声が、わたしの中で聞こえていた。ただ、わかることはひとつ。Jリーガーのカズになることを夢見ていたサッカー少年の恒一は、もういない。それだけは、確かだった。

それなら、わたしは? 思わず、自問していた。胸の裡《うち》を、のぞき込んでいた。この15、16年で、わたしは変わっただろうか? 変わったとしたら、どこが……。と、胸の中でつぶやいてみる。答えは、すぐに出ない。ガラスごしに、午後の陽が射し込んでいた。まだ3月なので、陽射しの角度は低い。部屋のすみにいる航の背中に、射し込んだ陽が当たっている。じっと動かない、その小さな背中に……。


「これ、見積り」

と恒一。封筒を、わたしに差し出した。家を見にきてから4日後だ。うちの玄関先で、恒一は、修理の見積りを差し出した。わたしは、受けとる。〈鈴木工務店〉と印刷された封筒から、見積書を出した。開いてみる。それぞれの項目に、金額が並んでいる。その総額を見る。思わず、唇をきつく結んだ。見積りの総額は、予想していた額の約三倍だった。

わたしが、その数字をじっと見ていると、

「それでも、かなり安くしてあるんだ」

恒一が言った。その言葉に嘘はなさそうだった。たぶん、そうなんだろう。わたしの予想が甘かっただけなんだろう。わたしは、小さくうなずく。

「ちょっと考えて返事する」

と言い終わったときだった。携帯の着信音。恒一が、素早く携帯を耳に当てる。

「あ、お世話になっております」

と、如才《じょさい》ない口調で話しはじめた。話しながら、わたしにちょっとうなずく。携帯で話しながら、うちの玄関を出ていく。

「あんた、そんな物で、どうしようっていうの」

後ろから、知子の声がした。午後4時。わたしは、家の庭にいた。ホースから出る水で、磯鉄《いそがね》を洗っているところだった。

磯鉄というのは、アワビ、トコブシ、サザエなどを獲《と》るときに使う道具だ。長さ40センチぐらいの金属。細長い形。片方は、カギのように小さく曲がっている。この道具を使って、たとえば岩にへばりついているアワビやトコブシをはがして獲る。カジメなどの海藻のかげにいるサザエも、引っかけて獲る。そんなための道具だ。わたしと知子は、それを使って、よくアワビなどを密漁したものだ。

高校時代。ヨットの練習で、毎日のように海に出る。帆走してものの10分。葉山の沖に、菜島《なじま》という小さな島がある。島というより、岩場が海の上に顔を出しているという感じの島だ。夏の海水浴シーズンには、渡し船が出て、家族連れなどが遊びにいく。けれど、そんな真夏をのぞけば、あまり菜島に行く人はいない。

わたしと知子は、よく、磯鉄を持ってヨットを出したものだった。そして、菜島のそばの浅瀬にくると、ヨットを倒す。つまり横転させるのだ。一度横転したヨットを元に戻すのは、けっこう大変だ。わたしたちは、ヨットを元に戻すのに手間どっているふりをする。そして、磯鉄を手に、海に入る。それほど潜《もぐ》る必要はない。1、2メートル下の岩場。アワビやサザエがいる。普通、あまり人がこないところだから、かなり簡単に、アワビ、サザエ、トコブシなどが獲れた。

獲ったものは、ネットに入れる。そのネットを引っぱったまま、ヨットで森戸《もりと》の砂浜まで持ち帰る。

わたしたちは、葉山の町内にある一軒の店と約束をしていた。獲ってきたアワビやサザエを買いとってもらう約束だ。お店は、わたしたちが密漁してきたことは、わかっていたはずだ。けど、知らん顔で買いとってくれた。普通の仕入れ値より安く買えれば、それでいいんだろう。

漁協の人は、わたしたちが密漁していることに、勘《かん》づいているようだった。

だから、わたしたちは、用心深くやっていた。もちろん、近くに漁師の船や釣り船がいるときは密漁しない。アワビ、サザエなどを陸にあげるときも、注意を払っていた。

そうなれば、漁協の人たちも、証拠をつかめない。ただ、わたしたちのヨットが、しょっちゅう菜島の近くで横転しているのを見て、〈あいつら何かやってる〉とは、にらんでいたようだ。〈ゆうなぎ〉のおじさんのように、〈お前たち、密漁してるだろう〉とか、〈この不良娘〉とか言う人もいた。けれど、わたしたちは、プロの業者ではない。獲る量も、たかがしれている。そんなことから、漁協の人たちも、半《なか》ば見のがしていたんだろう。

そしていま。家の庭で、わたしは磯鉄を手入れしていた。物置の奥から、やっと見つけた磯鉄。かなり錆《さ》びている。が、使えないこともないだろう。わたしは、とりあえず、ホースから出る水で、磯鉄を洗っていた。そこへ、知子がやってきた。

「それで何やろうってのよ」

「何って、決まってるじゃない」

わたしは言った。すると、知子は手をのばし、水道の蛇口を閉めてしまった。

「ちょっと、ききなよ。サキさあ、最近じゃ、もうダメだよ」

と知子。説明しはじめた。この10年ぐらいで、アワビ、トコブシ、サザエなどの密漁に対しては、ひどく厳しくなっているという。

「結局、どの漁師も、釣り船も、景気が良くないからねえ……」

知子は言った。釣り船も、昔のようには魚が釣れなくなっている。漁師も、アワビやサザエが獲れなくなっている。そんなこともあり、アマチュアの密漁に対して、ひどく神経をとがらせているらしい。

「いまじゃ、見つかったら、すぐ警察に突き出されるよ。やばいよ」

「そっか……」

わたしは、つぶやいた。手に持っている磯鉄を見つめた。


「サキ、お金ないの？」

缶ビール片手に、知子がきいた。夕陽の射し込む居間。わたしたちは、ポテトチップスをかじりながら、缶ビールを飲んでいた。

「困ってるんじゃないの？」

と知子。わたしは、ポテトチップスを、パリッとかじる。ビールをひとくち。軽く、ため息。

「まあ、ちょっとね……」

と言った。説明する。恒一が出してきた修理の見積りが、予想をこえて高かったこと。それを払ってしまうと、貯金がひどく心細くなってしまう。夫の死亡保険金などのほとんどをあてて、この家を買い戻した。それで、経済的にはすでに楽ではない。

「そこへもってきて、家の修理費がねえ……」

わたしは、つぶやいた。また、ポテトチップスを、パリッとかじった。やがて、

「それなら、あんた、バイトでうちの店番してくれない？」

知子が言った。

「店番？」

わたしは、訊き返した。知子の家は、港の近くで釣り具屋をやっている。

港の岸壁などで釣りをやる人もいる。手漕《こ》ぎのボートを借りて釣りをする人もいる。砂浜から投げ釣りをやる人もいる。だから、知子の家の釣り具屋は、かなり繁盛《はんじょう》していた。

けれど、知子のお父さんは、1年ほど前から、リュウマチがひどく悪化して、いま、熱海《あたみ》の近くにあるリハビリ・センターに入院している。知子のお母さんは、わたしたちが中学

生のときに亡くなっている。そんなわけで、家業の釣り具屋は、一人っ子の知子が切り回している。

ところが、知子は、最近ではウィンドサーフィンに熱中している。もともと、ヨットをやっていたので、帆《セイル》に風をうけて走るウィンドは、性《しょう》に合っているんだろう。技術的にもヨットとウィンドの共通点は多い。いまは、森戸海岸にあるショップに、ウィンドの道具をあずけているらしい。ちょっと風が吹くと、海に出ているという。

そして、どうやら、道具をあずけているショップの人と、知子は仲がいいようだ。それも、男と女として仲がいいらしいと、わたしは感じていた。そんなこともあって、知子は、しょっちゅう、森戸のショップに行きたいらしい。

「だから、店番がほしいのよ。ちゃんと時給は出すからさ」

知子は言った。

4　大人の手には、のるものか

結局、わたしは、店番をすることにした。

時給は、千円。知子がウインドサーフィンで店を留守にしたいときに、店番をする。そんな条件に決めた。知子の店は、うちから歩いても5、6分。息子の航を連れていっても、店番にさしつかえはない。それで引き受けた。

話を決めた翌日。さっそく、店番をしてくれと知子から電話がきた。午前11時。わたしは、航の手を引いて、知子の店に行った。知子は、もう、ウインドにいくしたくをしていた。

「店のもの、わかるよね？」

と知子。わたしは、うなずいた。子供の頃から釣りはやっている。釣り具のことなら、よく知っている。

「じゃ、よろしくね」

と知子。ディパックを背負う。自転車に乗って出て行った。

わたしは、店の中を、一度見回した。岸壁釣りやボート釣りで使う道具が、ところ狭しと並んでいた。業務用冷蔵庫には、釣り餌《えさ》のジャリメやイソメが入っている。店のすぐ奥は、ちょっとした居間になっている。畳の上に、小さめの卓袱台《ちゃぶだい》。部屋のすみにはテレビ。部屋の奥は、キッチン。この居間にいながら、店番ができるようになっている。

わたしと航は、居間に上がった。航は、しばらく、居間を見回していた。やがて、部屋のすみにあるテレビに気づく。その前に座った。わたしは、テレビのスイッチをON。画面に、どこかの民放の番組が映った。わたしは、リモコンのキーを押す。何もオンエアーしていないところにチャンネルを合わせた。画面には、走査線だけが映る。そして、ザーというノイズ。

ボリュームを絞る。ザーというノイズが、小さく聞こえるぐらいに絞る。航は、テレビの前で、両膝《ひざ》をかかえて座っている。小さなノイズを聞きながら、走査線しか映っていないテレビをじっと見ている……。動かない。

わたしは、持ってきたS《サラ》・パレツキーの文庫本を読みはじめた。

そのお客がきたのは、午後1時過ぎだった。

「あの」

という声。わたしは、文庫本を置く。居間から店におりた。60歳ぐらいの男の人がいた。白髪まじりの髪を横分けにしている。メタルフレームの眼鏡をかけている。この季節なのに、少し陽灼《ひや》けしている。地元の人らしかった。彼は、20号のオモリを3個、レジのわきに置いている。わたしは、オモリが置いてある所までいく。1個の値段を確認した。レジに戻る。オモリ3個分の値段をレジに打ち込む。そうしていると、

「あの……もしかして、小早川さんのお嬢さんじゃ……」

「え……ええ……」

わたしは、小さく、うなずいた。

「……やっぱり……。わたし、奥寺《おくでら》です。ほら、小早川社長にお世話になった、造船所の……」

と彼。わたしは、彼の顔をじっと見た。4秒……5秒……6秒……。そして、

「あ、ああ……奥寺さん……」

と口に出していた。十代の頃が、胸の中によみがえっていた。

わたしは、葉山の海で育った。

生まれた家は、一色《いっしき》海岸と真名瀬漁港の間にあった。芝崎《しばざき》という海にせり出した土地。その海に面した家で生まれた。家は、平屋の日本建築。敷地は、かなり広い。この家を造ったのは、わたしの祖父だ。

祖父は、造船所をやっていた。といっても、大きな客船やタンカーをつくる造船所ではない。主に、乗り合いの釣り船。もう少し小さい漁師船。そんな船を主に造っていた。釣り船や漁師船のほとんどが、一艘一艘、オリジナルで造られる。祖父の造船会社は、三浦《みうら》半島の佐島《さじま》にあり、そんな船を造り続けていた。

その頃、日本の景気も良かったんだろう。祖父の造船会社にも、活気があった。子供だったわたしも、ときどき、佐島での進水式に行ったものだ。ま新しい大漁旗をはためかせた船が進水していくのを見るのは好きだった。

いま思えば、祖父は気骨のある人だった。ものの良し悪《あ》しを、はっきりさせる人だった。そんな祖父をしたっていた従業員は多かったようだ。当時は、従業員たちが、よく葉山の家にやってきた。離れになっている座敷で、祖父を囲んで、にぎやかに飲んでいたのを覚えている。船大工の中には、酔って唄《うた》いだす人もいた。子供だったわたしには、そんな何もかもが珍しく楽しかった。

物心ついた頃から、わたしの遊び場は海だった。ちょっとでも時間があれば、海で遊んでいたと思う。泳ぐ。潜る。釣りをする……。

小学校に入ると、仲間と、ボートを漕《こ》いで海に出るようになった。あれは、確か、小学校2年のときだった。わたしを見ていた祖父が、小型のヨットを造ってくれた。子供が2人乗れるぐらいのサイズだった。帆《セイル》は、1枚だった。造船所のすみで造ったという。

わたしは、それで海に出るようになった。セイルを使っての走り方は、すぐに覚えた。1ヵ月で、自由自在に走れるようになっていた。ときには、セイルをおろし、ヨットを止める。そして、釣りをしたりもした。

森戸海岸をベースにしている逗葉《ずよう》ヨット・スクールというのがあり、ジュニアのヨット教室をやっていた。わたしは、そこに入った。本格的にヨットをはじめた。小学校4年のときだった。

ペアを組まされたのが知子だった。最初の2、3ヵ月は、ケンカばかりしていた。けど、その後は、すぐに仲良くなった。仲良くなったと同時に、ヨットの腕も上達していった。中1の終わりには、中3の男の子より速く走れるようになっていた。

高校生になると、いろいろな大会に出るようになった。わたしと知子は、神奈川のジュニアでは最強のペアと言われた。

けれど、わたしたちは、競技としてのヨットに、あまり熱心じゃなかった。たとえ勝っても、もらえるのは賞状とかカップだ。つまらない。そんなことより、とりあえずヨットを走らせていればご機嫌だった。あとは、アワビやサザエだ。密漁とはいえ、自分たちの力でお金を稼ぐのが楽しかった。

ヨット・スクールのコーチたちからは、〈もっといい成績が出せるのに〉と言われた。けれど、わたしたちのペアは、あまり頑張らなかった。ヨット・スクールにしても、自分のところの選手が大会で勝てば、評判が上がる。そんなことを期待されていることに、わたしたちは気づいていた。そんな、大人の手にはのるものか……という気持ちがあった。だから、ヨットの練習を頑張るより、アワビやサザエの方に熱心だった。アワビなどを売ったお金は、そのままわたしたちの小遣いになった。

夕方の防波堤。わたしと知子は、よく缶ビールを飲んだものだった。同級生が店番をしてる酒屋で買った缶ビール……。自分たちの稼ぎで買ったビールは、ことさら美味《おい》しかった。小型のCDラジカセからは、M《マイケル》・ジャクソンの曲が流れていた。

わたしには、両親と兄がいる。父は、大手の証券会社に勤めている。わたしが小学校4

年までは、葉山の家から東京に通っていた。

祖父と父は、実の親子なのに、うまくいっていなかった。一流大学を出た父から見ると、造船業というのは、粗野な仕事に感じられたようだった。角刈《かくが》りの船大工たちが家に出入りするのも嫌っていた。祖父は祖父で、父が証券会社に勤めているのが気に入らないようだった。〈ひと様の金を使い回して、せこく儲《もう》ける仕事〉などと言っていた。

祖父は、徹底して〈手〉の人だった。手を使い、体を動かして何かをつくるのが、まっとうな仕事だという信念を持っていた。だから、証券会社という父の仕事を〈せこい〉のひとことで片づけていた。

そして、決定的なことが起きた。父が勤めている証券会社が、イギリスの証券会社と合併した。そして、父は、ロンドンに転勤することになった。わたしが、小学校5年のときだ。母はもちろん、兄もロンドンに行くことになった。兄は、両親の言うことをよくきく優等生だった。イギリス暮らしにも興味を持ったようだ。

ところが、わたしは、まるで逆だった。葉山での毎日が、楽しくてしょうがなかった。ヨット・スクールにも入ったばっかりだった。イギリスにも、ロンドンにも、ひかれることがなかった。わたしは、葉山に残ると言いはった。〈ロンドンには海がない〉、〈ロンドンにはサザエがない〉などと言いはった。

わたしは、一度言い出したらきかない子だった。そのことは、両親もわかっていた。1ヵ月ほどもめた末、わたしは葉山に残ることになった。その頃、葉山の家には祖父と祖母もいた。わたしを育てるのに、特に問題はなかった。

両親と兄は、ロンドンに行った。家が、急に広くなった。同時に、わたしの心も、のびのびとしてきた。海で泳ぎ、潜り、釣りをし、ヨットを走らせた。中学生になった頃から、浅場でのサザエ獲《と》りをはじめていた。祖父と祖母は、もちろん、わたしを可愛がってくれた。楽しい日々が続いた。

ところが、祖母が亡くなってしまった。心筋梗塞《しんきんこうそく》での急死だった。わたしが中3の11月だった。

祖母に死なれても、祖父は気丈にふるまっていた。けれど、心の奥では、深い喪失《そうしつ》感をかかえていたようだ。それだけ、祖母に愛情を持っていたのだと思う。

祖父も、そろそろ80歳に近づいていた。造船所の仕事は、部下にまかせはじめていた。そして、葉山にいることが多くなった。祖父は、真名瀬の老漁師から小船を買いとった。部下を使って手入れをしなおした。〈隠居《いんきょ》丸〉と名づけ、それで釣りに出るようになった。

祖父の釣りには、わたしもよくつき合った。

いまも、よく覚えている。葉山の沖。水深10メートルぐらいのところ。午後の陽を浴びている小船。白髪《しらが》頭の祖父と、ポニーテールにしたわたしが、並んで釣り糸をたれている。凪《な》ぎの水面。熟した桃のような色の陽射しが揺れている。頭上では、ときおりカモメの鳴き声がしていた。

竿《さお》先が小刻みに動くと魚がかかっていた。白ギス、メゴチなどが多かった。家に帰ると、祖父とわたしは魚をさばいた。メゴチが多く釣れた日は、すぐ刺身にした。釣ったばかりのメゴチの刺身は、甘エビに似て、さらに濃い味がした。

祖父は、純米酒をオン・ザ・ロックに。それを、ちびりちびりとやりながら、メゴチの刺身を口に入れた。わたしが揚《あ》げたキスの天ぷらも、美味しそうに食べていた。この頃から、祖父の笑顔が優しくなった。造船所をやっていた頃のように厳しい表情は見せなくなった。祖父が優しくなったのは、現役から引退したことを実感させた。そして、年をとったことも……。

あれは、わたしが高3になった年の6月だった。その日も、祖父とわたしは釣りに出た。カサゴを何匹か釣り、船から上がった。家に戻ろうと歩いている途中、祖父が立ち止まった。具合が悪そうだった。本人は、〈胸苦しい〉と言う。医者嫌いの祖父を、無理やり病院に連れていった。診察してみると、血圧が相当に高いことがわかった。医者はわたしに〈要注意です〉と言った。薬を出してくれた。

祖父とわたしの楽しかった日々も、終わりに近づいていた。

5　「ちょいと、そこまで」

高校3年の9月。新学期がはじまったばかりだった。その日、学校は午前中で終わった。わたしは、急いで家に戻った。午後、海に出ることもできる時間だった。バスをおり、早足で家に帰る。玄関を開けた。

「ただいま！」

と言った。が、祖父の返事がない。わたしは、家の中に入っていった。居間にも、祖父の姿はなかった。歩いていく……。トイレの外の廊下に、祖父が倒れていた。白いポロシャツ、グレーのスラックス姿で倒れていた。わたしは、カバンを落とし、祖父に駆け寄った。祖父は眼を閉じ、眠るようなかっこうで廊下に倒れていた。

わたしは、素早く、電話で救急車を呼んだ。祖父のそばに戻った。体は動かさず、その手に触れてみた。かすかに体温は残っている感じだった。が、冷たくなりかけている……。

ダメかもしれないと、わたしは思った。

救急車がきた。救急隊員が、祖父とわたしを乗せる。救急車は走り出す。走る救急車の中。あわただしく蘇生《そせい》措置がとられた。けれど、反応はない。病院に着いて15分後。祖父の死亡は確認された。死因は、クモ膜下《まくか》出血だった。

祖父らしい、さっぱりとした最期《さいご》だった。その悲しみを感じる時間もないほど、あわただしい数日が続いた。ロンドンから、父が急いで帰国した。祖父の遺言で、葬儀は、飾りけのない質素なものだった。ただし、参列者は多かった。

祖父の遺言状によって、家は一人息子である父が相続することになった。そのかわり、わたしには、かなりな金額の遺産が譲渡されることになった。一人で生活し、大学を出るには充分すぎるほどの金額だった。

わたしと父は話し合った。父は、わたしに、東京の大学に進んだらどうかと言った。そうなれば、この家は売るつもりだという。しばらく考え、わたしは同意した。

最大の理由、それは、この家で一人暮らしするのが辛《つら》いと感じたからだ。心には、祖父を亡くした悲しみが、実感として押し寄せてきていた。祖父母との思い出があまりに多く残っているこの家で一人で暮らすのは、気が進まなかった。

と同時に、祖父とは、一種、いい別れ方をしたとも思っていた。胸の中には、かかえきれないほどの輝いた日々がある。そして、苦しい闘病をすることもなく、祖父は去っていった。〈ちょいとそこまで〉と言って、ゴムゾウリ履《ば》きで出かけるように、祖父は旅立っていった。

最後まで、祖父は、人生の達人だったなあ……わたしは、そう感じていた。こういう形で祖父を見送ったことに、納得している自分に気づいていた。そして、決めた。祖父母との思い出が色濃く残るこの葉山を、一度離れてみようと決心していた。

大学に進学する。それは、わたしの中では、白紙だった。さあ、どうする……。考える日々がはじまった。どんな大学へ進み、何をするのか……。ゼロから考えなければならなかった。それは、自分の将来を決めることでもあった。

自分さがしといえば、聞こえはいい。けれど、実際は、ただ、とまどっていただけだ。そんなとき、ヨット・スクールのコーチが、東京の体育大学出身だったのを思い出した。彼に相談してみた。すると、

「まあ、お前さん、根っからの体育会系だから、体育大は向いてるかもしれないな」

という答えが返ってきた。親友の知子も、

「勉強嫌いなあんたにゃ、体育大はいいよ。いまからあわてて受験勉強したって、普通の大学にゃ入れるわけないし」

と言ったものだ。

結局、東京にある体育大学に進むことになった。ヨット選手としての実績がものをいい、推薦《すいせん》入学という形で進学は決まった。

わたしは、駒沢《こまざわ》公園の近くに、マンションを借りた。部屋は、そう広くない。けど、清潔で陽当たりがいいので、そこに決めた。通う大学にも近かった。高校の卒業式が終わった。その3日後。わたしは、東京に引っ越した。前日は、葉山の仲間たちと大騒ぎをした。

知子との別れは、意外にさっぱりしたものだった。たまたま、知子は恋愛中だった。森戸海岸でライフガードをやっていた2つ年上の彼氏と、熱愛中だった。そのせいもあって、わたしとは、サラリとした別れになった。

わたしも、東京にいくのに、それほど気持ちが揺れていたわけじゃない。東京は、しょっちゅういっていた。葉山に帰ってこようと思えば、1時間ちょいで帰れるのだ。

〈じゃ、ちょっと東京暮らし、してくるから〉というような気分で、葉山をあとにした。

東京暮らしが、はじまった。

わたしは、駒沢公園に近いマンションから、世田谷《せたがや》にある体育大に通いはじめた。体育大には、全国から学生がきていて、それが面白かった。

体育大の2年生になるとき、それぞれ、将来に向けてのコース選びをすることになる。わたしは、〈スポーツ・コーチング専攻〉を選んだ。ここを出た人の多くが、スポーツクラブのインストラクターなどになっているという。それは、ぼんやりと、わたしが考えていた将来だった。仕事をするなら、体を動かす仕事……。そう考えると、スポーツ関係のインストラクターというのが、一番現実的な将来のコースかなと思えた。

わたしは、〈スポーツ・コーチング〉の中でも、自分が得意な水泳を選んだ。水泳を専攻すると、いろいろな泳ぎをやらなければならない。背泳やバタフライなど、いままでやらなかった泳ぎも、やることになる。けど、それはそれで面白かった。

さらに、CPR、つまり溺《おぼ》れた人の心肺を蘇生《そせい》させるハウツー。スイマーの体調を管理する、いわばスポーツ医学の分野なども勉強した。わたしには、かなり難しい勉強でもあった。けれど、卒業後、すぐに役立つと思えば、それほど苦にはならなかった。

大学時代は、かなり速いピッチで過ぎていった。卒業が近づいてきた。

わたしは、スイミング・スクールでインストラクターをやると決めていた。あちこちのスイミング・スクールを当たりはじめた。できれば、湘南でインストラクターの仕事につきたかった。けど、うまく見つからなかった。結局、三軒茶屋《さんげんぢゃや》にあるスイミング・スクールで、インストラクターの仕事につけることになった。陽射しがよく入るプール。そして、経営者であるチーフ・インストラクターの性格がよかった。元水泳選手の50歳。気さくで明るい人だった。ほかのインストラクターたちも、のびのびと仕事をしているようだった。

わたしのインストラクター生活がはじまった。スイミング・スクールは、はやっていて、かなり忙しかった。下は、2、3歳の子供から、上は七十代の人まで、ひっきりなしに教えるようになった。夜まで仕事をやることも多かった。けど、それはそれで充実していた。

そのスクールには、10人近いインストラクターがいた。一日中スクールをやっているので、昼ご飯や晩ご飯を食べる時間は、まちまちだった。

健康のため、自分で弁当をつくってくる人もいた。わたしも、つくれるときは弁当をつくった。その時間がなかった日は、外食ですませた。そうしているうちに、美味《おい》しい蕎麦《そば》屋を見つけた。三軒茶屋には、落ち着いた雰囲気の商店街があり、そこに一軒の蕎麦屋があった。

葉山にも、いい蕎麦屋があった。ときどき、祖父といったものだった。その葉山の蕎麦屋に負けないぐらいの店を、三軒茶屋でも見つけた。わたしは、そこで、よく昼ご飯を食べるようになった。

インストラクターの食事時間はバラバラなので、たいていひとりでいった。ときには、晩ご飯を食べにいくこともあった。夜の7時半とかに仕事が終わることがある。そんなときは、ひとりで天ぷら蕎麦や丼物などを食べにいくこともあった。

その店にいきはじめて気づいた。店主は、かなり若い男の人だった。まだ二十代だと思えた。昼間は、パートのおばさんらしい人が手伝っていた。けれど、夜の6時過ぎにいくと、その若主人がひとりでやっていた。頭に手ぬぐいを巻き、仕事をしていた。基本的に、蕎麦屋は、昼間が忙しい。夜は、あまり客がこない。だから、ひとりでもやれるのだろう。けれど、この蕎麦屋さんと親しくなろうとは、わたしにも意外な展開だった。


それは、わたしがインストラクターをはじめて4年が過ぎる頃だった。その蕎麦屋に通いはじめて2年半ほどたっていた。店の入口で、紫陽花《あじさい》が咲いていたから、6月だったと思う。

わたしの仕事は、8時に終わった。一日忙しく仕事をして、お腹がすいていた。蕎麦屋さんにいってみると、暖簾《のれん》がしまわれていた。もう閉店か……。そう思ったけど、店内の灯《あか》りはついていた。わたしは、ダメもとで入口を開けてみた。客のいない店内。若主人が、ぽつんとひとり、テーブルでビールを飲んでいた。

「あの……もう、終わり？」

わたしは、きいてみた。彼はビールを飲みながら、微笑した。

「そろそろ店じまいだけど、一人前ならいいよ。お得意さんだし」

と言ってくれた。優しい口調だった。わたしは、

「じゃ、お願いできる？」

と言った。天ザルを注文した。彼は、うなずく。

「火を落としちゃったから、少し時間がかかるけど」

と言った。厨房《ちゅうぼう》に入っていった。コンロに火をつけたんだろう。一度戻ってくる。手に、グラスを持っている。そのグラスを、わたしの前に置いた。そして、自分が飲んでいた瓶《びん》のビールを、グラスに注いでくれた。

「きょうは、もう、仕事終わりなんだろう？」

と言った。わたしが、スイミング・スクールのインストラクターをやっているのは、彼も知っているようだ。昼間、ここにくるときは、スイミング・スクールのマークやロゴが入ったウェアを着ている。仕事が終わったいまは、水着やタオルの入った、大きめのスポーツバッグを持っている。スイミング・スクールのスタッフだとわかって当然だろう。わ

たしは、目の前に注がれたビールを見る。

「どうも」

とお礼を言った。彼は、〈どういたしまして〉という表情で微笑した。自分のグラスにも、ビールを注ぎたした。ぐいと飲む。

「あそこのスイミング・スクールで、水泳のコーチをやってるの？」

と、きいた。サラリとした口調だった。わたしは、インストラクターとして仕事をしていると答えた。やがて、出てきた天ザルを食べビールを飲みながら、わたしと彼は、ぽつり、ぽつりと言葉をかわした。特に突っ込んだ話はしなかった。ごく、あっさりと世間話をしただけだ。帰ろうとすると雨が降りはじめていた。梅雨の細かい雨が降っていた。彼は、店内の傘立てにあったビニール傘を貸してくれようとした。わたしが少し遠慮すると、

「つぎくるときに返してくれればいいよ」

と言った。わたしは、お礼を言い、傘を借りた。バス停まで歩きながら、彼の優しい表情を思い返していた。絹糸のような細い雨の中を歩きながら……。

6　バーブレス・フック

それから、彼の店には、さらによく通うようになった。

理由の1。まず、彼の店の蕎麦《そば》や丼物が美味《おい》しいこと。そして、理由の2は、彼が仕事をしている姿を見るのが興味深いことだった。

客の少ない半端《はんぱ》な時間にいくと、彼が蕎麦を打っているところを見ることができた。わたしは、厨房《ちゅうぼう》の入口に立つ。彼が仕事をしているのを見ていた。彼が、丸い棒を使って、蕎麦粉を練ったものを伸《の》ばしている……。それを、四角い包丁のようなもので、細切りにしている……。そんなところを見ているのが好きだった。

結局のところ、わたしは、手や体を動かして働いている男の人が好きなんだろう。コンピューターを使ってお金を儲《もう》けている人がよくいる。けど、そういう人に魅力を感じるかというと、ノーだ。ふり返れば、造船業をやっていた祖父の血を、わたしは色濃くうけ継《つ》いでいるのかもしれない。

そうしているうちに、彼と、よく話をするようになった。

たいていは夜。わたししかお客がいない蕎麦屋の店。仕事を終えたわたしと、仕事を終えようとしている彼。軽くビールを飲みながら、気ままに言葉をかわすようになっていた。

彼は、どちらかといえば口数の少ない方だろう。けれど、仕事を終え、ビールを飲みはじめると、ごく普通に話すようになった。

わたしは、てっきり、若い彼が、この蕎麦屋の後継ぎ息子なのかと思った。ところが、まるで違っていた。彼は、長野県の生まれだという。大きなスキー場のある白馬《はくば》山麓《さんろく》で生まれ育ったと言った。実家は、蕎麦屋。いわゆる信州蕎麦の店をやっていて、彼はそこの次男。名前は健次《けんじ》。

彼、健次は、子供の頃からスキーやスノーボードが得意だったという。そう言われれば、スポーツ少年が、そのまま大人になったような雰囲気が漂っていた。

冬の間は、雪の上を滑りまくる。雪がなくなると、店の手伝いもよくやっていたという。

高校生だった頃は、スキー、スノボーのスクールで教える仕事につこうと思ったこともあるらしい。けれど、そういう仕事は、ある年齢までしかやれない。それに、

「スキーやスノボーは、趣味にしといた方がいいと思ったな。それを仕事にしちゃうと、楽しめなくなるっていうか……」

と健次。そうしているうちに、彼は、蕎麦の仕事につきたいと思うようになったらしい。実家の蕎麦屋は、兄である長男が継ぐことになっていた。それはいいとして、健次には別の考えがあった。それは、江戸前の蕎麦を打ちたいということだった。

「確かに、長野ではいい材料が手に入るよ。でも、それを店に出すとなると、どうしても、いわゆる信州《しんしゆう》蕎麦になっちゃうんだ」

と健次。やや太目で、素朴さを残している信州蕎麦が嫌いなわけじゃないと断わって、話しはじめた。

「信州蕎麦の店は、兄貴が継ぐわけだから、おれとしては、江戸前の蕎麦をやってみたいと思ったんだ。やや細目で、シコシコと歯ごたえのある江戸前蕎麦を打ってみたいと思ってね……」

そう言った。高校を卒業すると、同業者のつてをたよって、三軒茶屋にあるこの店で働くようになったという。ここのオヤジさんが打つ蕎麦は、典型的な江戸前の蕎麦だったらしい。

「プツッ、プツッと歯ごたえのいい蕎麦を打つ人で、性格も、そんな感じだったな……」

「性格も？」

「そう。江戸前の蕎麦みたいな人だったよ。少し気が短かったけど、なんでもはっきり言う人でね……」

と健次。そのオヤジさんの下で、蕎麦打ちとして、いわゆる修業をしたという。

「まあ、蕎麦そのものは、小学生の頃からあつかってたから、ものの5、6年もすると、ほとんどオヤジさんと同じような蕎麦を打てるようになったかな……」

と、ひかえめな口調で言った。で、そのオヤジさんは、どうなったんだろう……。わたしがそう思っていると、健次は、また、ぽつりぽつりと話しはじめた。

「……オヤジさんは、酒がすごく強い人でね……。暖簾《のれん》をしまったあと、よく店で飲んでたな。おれも、つき合わされたよ。オヤジさんは、客に出す板ワサ、つまりカマボコを肴《さかな》にして、日本酒をくいくいと飲むのさ。おれはビールでつき合ったけど……」

と健次。過ぎた日を思い出す表情。そのオヤジさんは、当時すでに七十代のなかば。息子たちは、みな、家業を嫌ってサラリーマンになったという。

「そんなこんなで、オヤジさんの酒は、ピッチが速くなったみたいだった。別にぐちるわけじゃないんだけど、ひと晩で、一升瓶《いっしょうびん》が空いたこともあったよ」

健次は、つぶやく。

「で……それが、結局、命をちぢめることになったんだけどな……」

「命をちぢめる？……」

わたしは、つい、きき返していた。健次はうなずく。

「ある夜、飲んでるうちに急に具合が悪くなってね……。病院に運び込んだんだ。でも、肝臓がひどく悪くなってて……」

「肝臓……」

「ああ……。酒に強かっただけに、ひどいことになるまで、平気で飲んでたんだな……。病院に運び込んだときは、もう、肝炎を通りこして、肝硬変にまで進行してた。入院したけど、長くはもたなかった。2ヵ月後に、死んだよ。年も年だったしな……」

健次は、淡々とした口調で言った。その様子からすると、オヤジさんが亡くなってから、そこそこの年月が過ぎているのだろうか……。

「それって……いつ頃？」

「おれが確か26のときだから、もう4年ぐらい前だな」

彼は言った。ということは、健次は、いま、30歳ぐらい……。26歳のわたしとは、4つ違いということになる。

「じゃ、その後は、この店を？……」

「ああ……。店のおかみさんにも言われてね……。この店をなくしたくないから、あんたが引き継いでくれないかって……」

「それで……」

と、わたし。彼は、うなずいた。〈そういう事情で、自分がこの店を継いだ〉と、表情で語っていた。わたしも、うなずいた。薄く切ったカマボコに、ワサビ醬油《じょうゆ》をつける。口に入れる。よく冷えたビールを、ぐいと飲んだ。

彼と、初めてデートらしいことをした。それは、偶然からだ。その日、仕事を終えたわたしは、健次の店にいった。夜の8時近かった。暖簾《のれん》は、しまってある。けど、灯《あか》りがついている。わたしは、ガラガラと出入口を開けた。健次が、テーブルにいた。ビールを飲みながら、何かしていた。わたしが、

「晩ご飯、まだ、いい？」

きくと、彼は、うなずいた。何にする、と言いながら立ち上がった。わたしは、あまり手間のかからないカツ丼をたのんだ。彼は、〈オーケイ〉と言い、厨房に入った。わたしは、テーブルについた。そして、テーブルの上にある物を見た。それは、ルアーだった。平べったくて、小さいルアー。たぶん、川や湖で使うものだろう。わたしは、淡水の釣り

はしたことがない。けれど、それがルアーだとはわかった。釣りバリもついているし……。よく見れば、細めの釣り竿《ざお》も2本、壁に立てかけてある。テーブルには、同じようなルアーの入った、小さなプラスチックケースが置いてあった。

「釣りにいくの?」

「ああ……」

「いつ?」

「明日。定休日だから」

「何を釣るの?」

「ヤマメ、うまくするとニジマス」

彼は言った。そんなやりとりをしているうちに、カツ丼が出てきた。丼のふたをとると、いい匂いがぷーんと漂う。彼は、わたしの前にグラスを置く。ビールを注いでくれた。わたしは、彼と、軽くグラスを合わせ、〈お疲れさま〉を言った。冷えたビールを、ぐいとひとくち。そして、カツ丼を食べはじめた。そうしながら、彼との話を続ける。彼は、信州にいた頃から釣りが好きだったという。

「まあ、山や川で遊ぶのが好きなガキだっただけさ」

と、苦笑まじりに言った。住んでいた所から少し足をのばせば、川や湖があった。そこで、よく釣りをしていたという。それも、主にルアーで淡水魚を釣っていたらしい。いま思えば、ブラック・バスをはじめ、ルアーで釣るのが流行しはじめた頃だった……。

とにかく、健次は、釣り好き少年だったという。東京に出てきてからは、釣りにいく機会も減っていたらしい。けど、この店を引き継いで、まあまあ軌道にのった。そこで、釣りを再開したという。

「どこまで釣りにいくの？」

「奥多摩《おくたま》。最近は、自分のポイントも、いくつか見つけてさ……」

「……もしかまわなければ、一緒にいっていい？」

わたしが言うと、彼が視線を上げた。

「……ああ……。いいけど……」

と言った。わたしも、明日は仕事が休み。やることは、ない。そう言うと、彼は、うなずいた。うなずきながら、手を動かしている。先の細いペンチで、釣りバリの先を潰《つぶ》している。どうやら、釣りバリのかえしを潰しているらしい。それは、海釣りのときにも見たことがある。

「ハリをバーブレスにしてるの？」

わたしは言った。彼は、一瞬、手を止める。意外な表情をした。女のわたしが、〈バーブレス〉などという言葉を知っているのに、少し驚いている。わたしは、簡単に説明した。生まれ育った葉山。そこの釣り船も、夏になると、ルアー釣りの営業をする。特にシイラが、ルアー釣りのターゲットだ。シイラを釣った場合、キャッチ・アンド・リリースすることが多い。

そういう釣り人《アングラー》は、よく、ハリのかえしを潰したものを使う。かえしがないと、魚をリリースしやすい。魚にあたえるダメージも少ない。そんな、かえしを潰したハリを、バーブレス・フックと呼ぶ。そのことを、わたしは、釣り船の人たちからきいて、知っていた。

そう説明すると、彼は、うなずいた。

「いまどき釣れるヤマメやマスは、まだ小さいんだ。かかっても、リリースすることが多いから……」

と言った。リリースするから、バーブレス・フックを使う。そういうことらしい。彼は、黙々と、フックのかえしを潰している。慣れた動作だった、その手つきを、わたしは、じっと見ていた。

7　カカナ！

翌日。朝5時半。彼の運転するパジェロで出発した。
東京の郊外へ。パジェロは、どんどん走っていく。どこをどう走ったのか、わたしには
わからない。奥多摩へ向かっているらしい。そのことだけは、わかった。田舎道が、やが
て林道に変わる。木立ちの中、道はどんどん細くなる。デコボコな山道を、30分ぐらい走
った。クルマが駐《と》まった。山道は、行き止まり。
「この先は歩き」
彼が言った。わたしたちは、釣り竿《ロッド》を1本ずつ持つ。デイパックを背負う。山道を歩き
はじめた。鳥の鳴き声をききながら、15分ほど歩いた。
やがて、水音がきこえた。気がつくと、ちょっとした河原に出ていた。たぶん、多摩川
の源流のひとつなんだろう。細い川が流れていた。川の流れが、小さな滝のようになって

いる。そこに、広めの淵《ふち》があった。流れ落ちてきた水が、池のようになっている。そこが釣りのポイントらしいことは、わたしにもわかった。

わたしたちは、あまり音をたてないように、釣りの準備をする。細いラインの先に、小さめのルアーをつけた。彼は、そっと、水ぎわまでいく。慣《な》れた動作。水面にルアーをキャストした。スプーンと呼ばれる形のルアーが、ゆるやかな曲線を描き、飛んでいく。着水した。2、3秒待って、彼はリールのハンドルに手をかけた。ゆっくりと巻きはじめた。しばらくすると、水中をヒラヒラと泳いで、ルアーが足もとまで戻ってきた。

4投目にヒットした。ロッドが丸くしなる。小きざみに震えている。魚は、大きくないようだ。彼は、余裕の表情でリールを巻いている。やがて、魚が足もとに寄ってきた。彼は、

「ヤマメ」

と小声で言った。かがみ込む。片手を水に入れる。濡《ぬ》れた手で、小さな魚をすくい上げた。20センチぐらいのヤマメだった。彼は、魚をほとんど水から上げない。もう片方の手をのばし、魚の口からハリをはずした。バーブレス・フックなので、ハリはスッと抜けた。

魚は、一瞬、水中にとどまる。そして、身をひるがえし、泳ぎ去っていった。彼は、タ

オルで濡れた手を拭《ふ》く。そうしながら、説明した。

淡水魚をリリースするときは、手を濡らして魚をつかまえなければいけない。魚の体は、うっすらとしたぬめりで守られている。もし乾いた手で魚をつかむと、そのぬめりをはがしてしまうことになる。そうなると、人間でいえば火傷《やけど》を負ったようになり、たとえリリースしても、魚は死んでしまうことが多いという。わたしは、うなずきながら、彼の話をきいていた。彼は、かっこうだけのスポーツ・フィッシャーマンではない。そのことが、よくわかった。

やがて、わたしもロッドを振りはじめた。6、7投目で、ヒット。やはり20センチぐらいのヤマメだった。彼と同じやり方で、わたしもヤマメをリリースした。ヤマメは、元気に泳ぎ去っていった。

やがて、昼になった。わたしたちは、河原に腰かける。わたしがつくってきたBLTサンドを食べはじめた。ベーコン、レタス、トマトのサンドイッチをかじり、ミネラル・ウォーターを飲んだ。

春から夏に向かう季節。木々は、鮮やかな新緑。川面《かわも》を渡る風は、ひんやりと涼しく、土の香りがした。鳥たちのさえずりが、きこえていた。わたしは、東京で暮らしはじめて、もう8年近く。たまには、こういうのもいいなあ……。胸の中で、そう、つぶやいていた。

それから、毎回のように、彼の釣りにつき合うようになった。

毎月、第一、第三の水曜日が、蕎麦屋の定休日。よほど天気が悪くなければ、彼は奥多摩に出かける。わたしも、自分の休みを、できるだけそこに合わせた。そして、彼と一緒に、淡水釣りにいくようになった。そんなふうにつき合っていると、彼の持っている優しさに、いやでも気づかされていった。

バーブレス・フックを使って釣る。釣った魚を、濡らした手でそっとリリースする……。それは、彼の優しさであり、その優しさのごく一部だった。一見、口数が少なく、ぶっきらぼう。だけど、彼は、魚に対してだけじゃなく、誰に対しても思いやりがあった。たとえば、昼間、パートタイムできてくれているおばさんに対しても、彼は、思いやりのある接し方をしていた。そんな彼に、わたしは、しだいに惹《ひ》かれていった……。

奥多摩に一緒にいくようになって約半年後、わたしたちは恋人と呼べるつき合いになった。彼は、店の近くにワンルーム・マンションを借りていた。わたしは、週に1回ぐらいのペースで、彼の部屋に泊まるようになった。ときには、彼が、わたしの部屋に泊まることもあった。

そんなつき合いが7、8ヵ月続いた頃。どちらともなく、結婚の話が出た。相性がいいことは、もう間違いなかった。〈別々に部屋を借りてるのも、バカバカしいよな〉と彼が言い、わたしも、うなずいた。

結婚しよう。二人の間では、そう決まった。わたしは、まず、信州にある彼の実家にいった。そこでは、家族みんなが温かく迎えてくれた。〈健次に、こんなかわいい湘南ガールかよ。もったいないぜ〉と言ってくれたのは、長男の敬一《けいいち》だった。

対照的だったのが、わたしの家族だった。ロンドンの家族に、わたしはメールで知らせた。けれど、父からは否定的な反応がかえってきた。ひとことで言ってしまえば、〈たかが蕎麦屋と結婚するとは〉ということだった。

いちおうエリート証券マンで、ロンドン支社長の父にとって、〈大学も出ていない蕎麦屋など、人にあらず〉ということなんだろう。半分は、予想通り。けど、同時にあきれてもいた。肩書きや仕事で人を判断するのは、わたしが一番嫌いなことだ。そんな父に、あいそをつかしていた。ロンドンにいる家族は、ほっておくことにした。さっさと、結婚の準備をはじめた。

結婚式には、葉山から、知子と仲間が2、3人、くることになった。スイミング・スクールのチーフや、仲間も何人かくるという。そこで、東京からいきやすい軽井沢《かるいざわ》で結婚式をやった。昔からある教会で式をやり、近くのホテルで、ささやかな披露宴をした。部屋も、借りなおした。三軒茶屋に、2LDKの部屋を借りた。その部屋から、彼は蕎麦屋にいき、わたしはスイミング・スクールにいった。

スイミングの仕事が早目に終わった日は、彼の店にいき、手伝いをした。わたしも、蕎麦粉を練ったりしてみた。そして、定休日には、あい変わらず奥多摩に釣りにいった。けしてリッチとはいえないけど、いい新婚生活だった。

子供ができた。そのことに気づいたのは、結婚して1年半ほど過ぎた頃だった。

結婚したんだから、子供ができるのは自然のなりゆきだった。驚かなかった。体調に用心しながら、スイミング・スクールの仕事は続けた。出産予定日の4ヵ月前に、仕事は産休をとった。彼の店を手伝いながら、時間を過ごした。夏の終わりに、子供が生まれた。男の子だった。〈名前をつけるのは、まかせるよ〉と健次が言った。

わたしは、何日か考え、〈航《わたる》〉と名づけた。航海の航。それは、造船所をやっていた祖父のことが頭のすみにあったせいかもしれなかった。彼も、いい名前だと言ってくれた。

航は、順調に育っていった。普通より元気のいい子だった。歩き出すのも、早かった。活発に歩き回るようになった。航が歩くようになると、わたしたちは、また奥多摩にいくようになった。航は、山道を歩くのも平気だった。河原での釣りは、特に気に入ったようだった。ルアーをキャストし、小さなヤマメがかかると、ロッドを航に持たせてみた。航は、エキサイトし、小さな手でリールを巻いた。魚の姿を見ると、

「カカナ！」

と言った。サカナと言うつもりが、くせで〈カカナ！〉になってしまうらしい。とにかく、魚を見ては興奮し、〈カカナ！　カカナ！〉と叫んでいた。確かに、都会の子供にとって、ピチピチと動いている魚を見るのは珍しかったんだろう。奥多摩から帰ってくると、航は、つぎを楽しみにしていた。何かというと、

「カカナ釣り！」

と言い出すようになっていた。とりあえず、幸せな日々が続いた。あの日がくるまでは……。

8　全身で泣いた

あまりに突然のことなので、その日の出来事は、日記のように、淡々とふり返りたいと思う。

4月3日（水）。

〈午前中は雨〉の天気予報が出ていたので、奥多摩いきは、やめ。

小雨は、午前中でやみ、昼頃から陽が射してきた。健次は、航と、サッカーごっこをやりにマンションを出ていった。

最近の航は、サッカーごっこをやりたがる。いつもは、わたしが相手をして近くの空き地で子供用のサッカーボールを蹴《け》る。きょうは、仕事が休みの健次がサッカーごっこの相手。

ベランダで洗濯物を干していると、サイレンがきこえた。パトカーと救急車のサイレン。うちの近くでとまった様子。

胸さわぎがして、部屋を出る。エレベーターで、1階におりる。

マンションから30メートルいくと、道路に面した空き地。

救急車とパトカーの回転灯が見えた。誰かが、救急車に運び込まれるところ。

パトカーのわきで、航が泣きじゃくっていた。

そばにいくと、警官が〈お母さんですか?〉ときいた。うなずく。〈ご主人が事故に遭《あ》われて〉と警官。

それから先は、文字通り、頭の中がまっ白になったまま。

航の手を引き、救急車に乗る。

救急隊員が健次に応急処置をしながら、病院に走る。サイレンが耳に痛い。

病院に着く。ストレッチャーにのせられた健次は、集中治療室へ。

廊下で待つこと、約1時間。医師が治療室から出てくる。マスクをはずし、〈残念ながら……〉と言う。現実感がない。

治療室に入る。健次は、眠っているような表情。頭の中は、空白……。

警官が、簡単な事情を話す。

サッカーボールが、道路に転がってしまい、それを追いかけて、航が道路に飛び出した。トラックが走ってくるのを見た健次が、航を追って道路に走り出した。航をよけようと急ハンドルを切ったトラックが、道路に走り出してきた健次をはねた。

ごく簡単に言ってしまうと、そういうことらしい。

眠っている健次の額《ひたい》に、そっと触れてみた。まだ、体温が残っている。

わたしは、ただ茫然《ぼうぜん》としていた。ドラマなどでは、こういう場面で泣きくずれる……あれは、つくりごとだと思った。何も考えられなかった。

健次の死……。それが実感として襲ってきたのは、しばらくしてからだった。

長野から健次の家族が上京し、あわただしく葬式をすませた。健次の家族がとりあえず帰っていった翌日だった。

わたしは、ベランダに出しっぱなしになっていた洗濯物をとりこんだ。そして、たたみはじめた。気がつくと、わたしがたたんでいたのは、健次のシャツだった。デニム地の長《なが》袖《そで》シャツ。よく、奥多摩にいくときにも着ていたものだった。

シャツをたたんでいたわたしの手が止まった。健次がこのシャツを着ることは、もうないんだ……。その思いが、津波のように押し寄せてきた。たたみかけていたシャツに顔をうずめ、わたしは激しく泣きはじめた。全身で泣いていた。泣いて、泣いて、泣いて、泣き続けた。もう少しで酸欠になりそうなほどに……。

航の、あきらかな異変に気づいたのは、しばらくたってからだ。

それまでは、とにかく忙しかった。生命保険会社とのやりとり。健次名義の銀行預金の相続手続き。健次をはねたトラックの過失をめぐるやりとり……。

そんなことを、めまぐるしくこなしているうちに、わたしの気持ちは、前に向きはじめていた。

健次の死は、動かしようのない事実だった。それにめげているだけじゃダメだ。これからは、わたしがしっかりしなくちゃ……。そんな気持ちになっていた。悲しみは、とりあえず心のクロゼットにしまって、わたしは目の前の問題に立ち向かっていった。

そんなある日、航のあきらかな異変に気づいた。

正確に思い返すと、事故の日から、航は口をきかなくなっていた。けれど、それは、事故直後のショックからだろうと思っていた。なにしろ、目の前で、父親がトラックにはねられて死んだのだから……。でも、それは、一過性のものではなかった。

事故から約1ヵ月。航は、まったく口をきかない。話しかけても、返事がない。というより反応がない。ただ、うつろな眼が、宙を泳いでいるだけだ。それでも、わたしは、しばらく待った。時間が過ぎれば、航が、ショックから立ちなおるかもしれない。少しずつでも、反応してくるかもしれない。そう思った。とりあえず、出したご飯は、無言で食べるのだから……。

2ヵ月が過ぎても、ダメだった。航は、何にも反応しない。ひとことも、口をきかない……。わたしは、スイミング・スクールのチーフに相談した。航を医者に連れていった方がいいのか……その相談をした。

チーフが言うには、そういう場合は、その地域の福祉保健センターに相談するのがいいらしい。〈子供療育《りょういく》〉というところで、子供の診察をしてくれるらしい。生まれつき、精神的なハンディーを持った子供などは、たいてい、そこに連れていくという。チーフは、近くにある福祉保健センターの電話番号を教えてくれた。わたしは、すぐ、保健センターに電話をかけて、診《み》てもらう予約をした。

2日後。航を連れて、福祉保健センターにいった。心療内科の医師らしい人が、航を診てくれた。わたしは、事故からのことを、医師に話した。医師は、ときどき質問しながら、カルテのようなものに書き込んでいく。

「口をきかなくなった以外に、何か、様子のちがうことはありませんか？」

と、きいた。わたしは、ちょっと考え、話しはじめた。航は、テレビの前にいることが多くなった。といっても、テレビ番組を観《み》るわけじゃない。番組の映っていないチャンネルに合わせる。すると、画面には、ザラザラした走査線だけが映っている。そして、ザーというノイズ……。そんな画面の前に座り、航は、じっとしている。わたしがチャンネルを変えると、リモコンをつかみ、また、元の画面に戻してしまう。そして、じっと、何も映っていないテレビの前に座っている。わたしは、そのことを、医師に説明した。医師は、うなずきながらきいている。

「こういう状況では、ときどき起こることですね」

と言った。説明してくれる。テレビの画面に、走査線だけが映っている。そのとき流れるザーというノイズは、ある音によく似ているという。その音というのは、赤ん坊がまだ母親のお腹の中にいるときにきく心音《しんおん》に、よく似ていると医師は言った。

「ってことは？……」

「まあ、胎内《たいない》回帰の願望と思えますね。つまり、お母さんの胎内にいたあの頃に帰りたいという願望です」

と医師。

「それは、さらに言えば現実から逃避《とうひ》したいということだと考えられますね」

と言った。

「現実からの逃避……」

わたしがつぶやくと、医師は、ゆっくりとうなずいた。

「自分の目の前で、お父さんがトラックにはねられた……。しかも、道路に飛び出した自分を追ってきたお父さんが、はねられてしまった……」

「……それが、自分のせいだと？」

「航君が、自分を責《せ》めているか、それは、はっきりとはわかりません。ただ、ひどいショックをうけたことは、まちがいありません。そのショックから、突発的に、引きこもり状態になったとは想像できますね」

と言った。わたしも、漠然とは考えていたことだった。

「そうだとして、これは治るんでしょうか……」

と、きいた。医師は、また、しばらく考える。

「先天的なものではないので、治る可能性はあると思います。心にうけたショックが時間とともにやわらいでいけば、治ることは充分に考えられます」

と言った。その慎重な口ぶりからは、先の見通しが、そう甘くないことが感じられた。

とにかく、しばらくは様子を見ることになった。

それは、福祉保健センターにいった1ヵ月後のことだった。

わたしは、航を連れて買い物に出た。近所のドラッグストアまで歩いていこうとした。マンションを出て2、3分。歩道を歩いているときだった。道路をトラックが走り過ぎた。そのとたん、航がパニックを起こした。

何か叫びながら、わたしの手をふりほどこうとした。わたしは、航の手をはなさなかった。航は、ただ泣き叫びながら、暴《あば》れている。やっとのことで、航をマンションまで連れ戻した。テレビをつける。走査線の画面を見せる。そして、ザーというノイズ……。航は、やっと、静かになった。テレビの前に、じっと座り込んだ。

わたしは、福祉保健センターに電話してみた。たまたま、この前診てくれた医師がいた。事情を話す。〈トラックと、そのエンジン音が、事故を思い起こさせて、パニックになったんでしょうね〉と医師。それは、わたしも感じたことだった。〈どこか、静かなところで、心を休められるといいんですけどね……〉と医師。

そのとき、わたしの心に浮かんだのが、葉山だった。あの静かな海岸町……。うちの前は、トラックも走らない。ただ、波の音だけ……。そう。波の音だけ……。

葉山に帰りたい……。その思いは、突然の雷雨のようにわたしに降りそそぎ、心の奥まで、びしょ濡《ぬ》れにしていった。航だけでなく、わたしの心も、疲れ、渇《かわ》ききっていたのだろう……。

9　コロッケパンで、心を決めた

とはいうものの、整理しなければならないことが、山ほどあった。やはり、人が死ぬということは、大変なことなのだ……。いろいろなことの整理がつきはじめたのは、もう秋だった。

風がひんやりとしてきたある木曜日。わたしは、航を連れて、葉山に帰ってきた。トラックとすれちがうとパニックを起こす航のことを考え、電車に乗ってきた。JRの逗子《ずし》駅には、知子がクルマで迎えにきてくれていた。知子は、健次の葬式にもきてくれた。その後の航のことも、かくさず話してある。

わたしは、まず、生まれ育った家にいってみた。あの家が、昔のままだということは、知子からきいていた。確かに、家は、そのまま残っていた。けれど、門や扉《へい》は、ひどく古びていた。少し大げさに言えば、朽《く》ち果《は》てて……という感じだった。父は、この家を、地元の不動産会社に売ったと言っていた。わたしは、とりあえず、その不動産会社にいってみた。でっぷり太った不動産会社のおじさんは、

「ああ、あの家ね……」

と言った。家はまだ、その不動産会社の名義になっているという。

「あの広さが、中途半端なんだよね」

と、おじさん。マンションを建てるには少し狭い。かといって、丸ごと買って家を建てかえるには、広く、かなりの価格になってしまうので買い手がつかない。しかも、慢性的な不景気で不動産は動かない。そんなこんなで、まだ処分できていないという。そろそろ、小さな一戸建てを2、3軒建てる計画を進めようか、そう思っているところだという。

「ちょっと待って」

と、わたし。あの土地・家屋を買い戻すにはいくら必要か、きいてみた。向こうが言った売り値は、だいたい予想通りだった。健次の死亡保険金が、かなりの額、おりていた。健次をはねたトラックの持ち主である運送会社とは、まだ示談交渉が続いている。けれど、あと2、3ヵ月で、結論が出そうだった。その金額も、だいたい予想がついている。保険金と、運送会社からの示談金を足《た》せば、葉山の家は、買い戻せそうだった。

「1週間、待って」

わたしは、不動産会社のおじさんに言った。


その1時間後。

わたしたちは、一色海岸にいた。旭屋で買ってきたコロッケパンをかじり、ウーロン茶を飲んでいた。このコロッケパンを食べるのは、ひさびさだった。コロッケの香《こう》ばしさと、パンの淡い甘さが、心にしみた……。それは、十代の頃を思い出させた。無邪気で、なんの心配もなかったあの頃を思い出させた……。

コロッケパンを半分にしてやると、航も食べはじめた。無言で黙々と食べる……。一色海岸のはずれ。小型のヨットが砂浜に上げてあり、キャンバスのカバーがかかっていた。わたしたちは、そこに腰かけ、コロッケパンを食べていた。

快晴ではない。雲の間から、薄陽が射していた。海面は、ところどころ、陽をうけて光っている。さざ波が、不規則なリズムで打ちよせていた。風は、ひんやりと涼しかった。けれど、寒いというほどではない。わたしは、コロッケパンをかじり、ペットボトルのウーロン茶を飲んだ。

ぼんやりと、海を眺めていた。海風を胸に吸い込みながら、沖をいく大型ヨットのセイルを眺めていた。こんなに、やすらいだ気持ちになったのは、ひさしぶりだった。この数

ヵ月の疲れと緊張が、ゆっくりと溶けていくのを感じていた。やがて、わたしは、ペットボトルのキャップをしめる。そして、

「やっぱ、葉山に戻ってくるよ」

と知子に言った。


とりあえず、家を買い戻すために、半分の金額を不動産会社に支払った。運送会社からの示談金が支払われたのは、もう年末だった。年が明けて、わたしは全額を支払い、土地・家屋を自分の名義にした。それから、東京の生活を整理しはじめた。いらないものは、スイミング・スクールの仲間にあげた。そして、2月中旬、葉山に戻ってきたのだ。


そんな回想から、われに返った。

知子の釣り道具屋。わたしは、バイトで店番をしていた。そして、昔なじみの奥寺さんが、オモリを買いにきたところだった。その昔、祖父の造船所で働いていた、

「奥寺さん……」

と、わたしは、つぶやいた。なつかしい顔だった。奥寺さんも、わたしをじっと見ている。

「やっぱり、小早川のお嬢さんでしたか……」

と、つぶやいた。わたしは、思い出していた。奥寺さんは、祖父の造船所でも、幹部クラスの社員だった。仕事もできたらしい。そして、祖父がうちに会社の人間を集めて飲むとき、必ずきていたと思う。

まだ小学生や中学生だったわたしも、ときどき、家の離れでやっている祖父の宴会をのぞきにいったものだった。船大工の人たちが、ワイワイと飲んでいるのは、子供心にも面白かったのだろう。集まっていた人たちも、わたしを可愛がってくれた。まだ中学3年だったわたしにビールを飲ませたりもした。わたしが十代でビールの味を覚えたのは、この宴会のせいだった。

祖父の葬式のときも、奥寺さんは、ずっと手伝いをやってくれた。たぶん、祖父の人柄に惹《ひ》かれていたのだろう……。

「あのあと、東京に出られたってきいてますが……」

と奥寺さん。わたしは、うなずいた。簡単に説明をする。東京の体育大に進学。スイミング・スクールでインストラクターになった。そして結婚。出産……。ダンナだった健次の事故死のことも、サラリと話した。どうせ、わかることだ。

「……そうなんですか……。大変だったんですねえ……」

と奥寺さん。わたしは、軽く首を横に振った。その話は、早く切り上げたかった。あまり同情されたくなかった。

「奥寺さんは、いま？」

「いや……小早川社長が亡くなられた頃から、造船所の仕事もどんどん減っていって……。まあ、世の中、不景気になっていったんでしょうねえ……。私も、もう船大工の仕事はやめて、隠居《いんきょ》暮らしですよ」

「そうなんだ……」

「ええ……。いまは、息子の家族と暮らしてますよ」

と奥寺さん。その顔つきは、確かに、老人のものになっていた。奥寺さんは、それからしばらく世間話をする。そして、店を出ていった。

午後3時半。知子が帰ってきた。わたしは、あい変わらずテレビの前に座っている航の肩を叩《たた》いた。

「さ、帰ろう」

と言った。航の手を引いて、店を出る。少し散歩して帰ることにした。

足は、自然と港に向かっていた。航は、普通に歩いている。けれど、その表情は、周囲の何にも反応していない……。この港には、細長いコンクリートの栈橋が突き出している。ふだんは、釣り船客を乗せたりおろしたりする栈橋だ。もう、釣り船はみな帰ってきて、客をおろしたあとだ。

わたしは、栈橋をゆっくりと歩きはじめた。ガランとした栈橋。その先端あたりに、4、5人が釣り糸をたれている。みな、やわらかく細い釣り竿《ざお》を出している。そうか……稚《ち》アユの季節なんだ……。わたしは、心の中で、つぶやいていた。

アユの子供が海にいる。そのことをきいて驚く人もいる。けれど、本当なのだ。川に上がる前のアユは、海にいる。ここ葉山の海でも回遊している。

いまは、そんな、5、6センチのアユが釣れるシーズンだった。サビキという仕掛けを使う。幹糸《みきいと》にごく小さな釣りバリが10本ぐらいついた仕掛けを、海の中で躍《おど》らせる。すると、稚アユが釣れる。

近くに住んでいるおじいさんが、楽しみにしている釣りだ。いまも、何人かのおじいさんたちが、細い竿を握っていた。わたしは、航の手を引いて、そっちに歩いていく……。

一番手前に、珍しく若い人が1人いた。ジーンズに白いゴム長を履いている。まだ春なのに、陽灼《ひや》けしていた。着ているトレーナーは、古ぼけている。近くで働いている釣り船の船頭のようだった。

その若い人の竿が、細かく震えていた。どうやら、稚アユがかかっているらしい。彼は、ゆっくりと竿を上げた。サビキ仕掛けに、5、6匹の稚アユがかかっていた。水から上がった稚アユ。その体が、午後の陽射しをうけて、小さなナイフのように光っていた。そのときだった。

「カカナ！」

という声が、そばできこえた。叫んだのは、航だった。わたしは、びっくりして航を見た。航は、若い人が釣り上げた稚アユを指さし、また、

「カカナ！　カカナ！」

と叫んだ。わたしの手を、ふりほどく。若い釣り人の方へ、3、4歩、タタタッと駆け寄った。若い釣り人は、サビキ仕掛けの一番下についている小さなオモリを手に持っている。サビキ仕掛けには、6匹ほどの稚アユがかかっている。ピチピチと動く稚アユは、陽を浴びて、銀色に光っている。そのそばで、航がまた、

「カカナ！」

と叫んだ。そんな航を見て、彼は微笑した。サビキから、1匹の稚アユをはずす。手のひらにのせ、航にさし出して見せた。航は、そこに顔を近づける。じっと、彼の手のひらの稚アユを見つめている……。そして、右手を出した。右手の人さし指で、そっと、稚ア

ユに触れた。その眼が、輝いている。

わたしは、ひどく驚いていた。

航が言葉を口にしたのは、約1年ぶりだった。それも、〈カカナ！〉と叫んだ。あの奥多摩で、釣りをしていたときのように……。釣り竿を持った彼は、片膝《ひざ》をついて、航に稚アユを見せている。航は、右の人さし指で、稚アユに軽く触れている。彼は、顔を上げ、わたしを見た。微笑したまま、

「坊や、魚が好きなんですね」

と言った。わたしは、なんと言っていいかわからず、ただ、うなずいた。彼は、二十代の終わり頃だろうか。髪は、短めにカットしてある。まんべんなく陽灼けした顔。笑うと、歯の白さが目立つ。グレーの長袖《ながそで》トレーナー。あちこちすり切れかけたジーンズ。白いゴム長。筋肉質の痩《や》せ型で、背が高かった。もし釣り船の船頭でなかったら、何かのスポーツ選手という雰囲気だった。

その5分後。彼は、釣りを再開した。航は、その斜め後ろに立ち、それを見ている。無表情だったその顔に、いまは血がかよっている。サビキにたくさんの稚アユがかかると、また、

「カカナ！」

と叫んで喜んだ。

彼は、サビキ釣りが上手だった。単純そうに見えるサビキ釣りにも、うまいヘタはある。彼は、細い竿を、ゆっくりと上下させる。そうしているうちに、竿先がピクピクッと震える。稚アユが、1匹かかったのだ。けれど、彼は竿を上げず、そのままにしている。1匹魚がかかると、その動きで、サビキ仕掛けが海中で躍る。すると、それにつられて、さらに2匹目、3匹目がかかる。

彼は、2、3匹かかったなと思っても、仕掛けを上げない。そのまま、待つ。しだいに、竿の曲がりが大きくなっていく……。充分に待ってから、彼は、仕掛けをゆっくりと上げる。すると、最低でも5匹、うまくすると8匹ぐらいの稚アユが、かかっている。彼は、1匹1匹、ていねいにサビキのハリからはずす。そして、置いてある青いポリバケツに入れる。

海水をくんであるポリバケツ。その中には、かなりの数の稚アユが泳いでいた。バケツの底には、すでに死んだ稚アユがいる。バケツには、〈明神丸〉と描《か》かれていた。やはり、彼は、釣り船の船頭だったらしい。

短気で通っている神《じん》さんの〈明神丸〉。いまは、若い船頭が1人だけいると、〈ゆうなぎ〉のおじさんが言っていた。その、1人だけいる若い船頭というのが、彼なんだろう。

　つぎつぎと稚アユを釣る彼を、航が熱心に見ている。そんな光景を、斜め後ろで、わたしが眺めていた。わたしの心は、波立っていた。健次の死から約1年。ずっと、心を閉ざしていた航が、初めて、何かに反応した……。それだけで、驚きだった。まだ、嬉《うれ》しいとかなんとか、そんな気持ちは、わき上がってこない。わたしは、ただ驚き、かなり頭が混乱していた。

10 周《チョウ》雲龍《ユンロン》

そろそろ、彼が、釣りを切り上げようとしていた。サビキ仕掛けを、釣り竿《ざお》からはずす。そして、細長いボール紙をとり出した。そのノートぐらいのボール紙に、サビキ仕掛けを巻きはじめた。また、次も、このサビキ仕掛けを使うために、ボール紙に巻いているのだろう。彼は、ていねいに、サビキ仕掛けを巻いていく。その最後、ボール紙にある切り込みに、仕掛けの糸をはさんだ。終了。

航は、しゃがみ込んで、ポリバケツをのぞき込んでいる。ポリバケツには、かなりの数の稚アユがいた。半分以上は底に沈んでいる。けれど、まだ泳ぎ回っているのもいる。そんなポリバケツを、航は熱心にのぞき込んでいる。彼は、そんな航を見て、微笑した。また、

「魚が好きなんですね」

と言った。わたしは、うなずく。

「小さかった頃から、釣りが好きだったんで……」

と言った。彼もうなずき、微笑した。濃く陽灼《ひや》けした顔の中、白い歯が光った。彼は、ポリバケツを持ち上げた。

「あの……あしたも釣りを?」

わたしは、きいた。彼は、小さく、うなずく。手にしたポリバケツを見る。

「これが、晩ご飯だから……」

と言った。この稚アユが、晩ご飯のおかずということらしい。釣り船は、基本的に、お客に釣らせるものだ。船頭が、自分用の魚を釣ることは少ないのかもしれない。ポリバケツと釣り竿を持った彼に、

「じゃ、またあした」

わたしは言った。彼は、また柔らかい微笑を見せる。ゆっくりと歩いていった。

わたしは、うちの縁側《えんがわ》にいた。夕陽を浴びながら、ビールを飲んでいた。ゆったりと吹く風は、もう春だった。わたしは、素足にビーチサンダルを履き、縁側に腰かけていた。庭のすみでは、レンゲ草の小さな花が、たそがれの風に揺れていた。わきに置いた白い器

には、茹《ゆ》でた枝豆が盛ってある。いまの季節なので、枝豆は冷凍物だ。それでも、よかった。枝豆の味と香りが、やがてくる夏を予感させるから……。

わたしは、枝豆を口に入れ、ゆっくりと、ビールを飲む。そうしながら、思い返していた。さっきの出来事について、思い返していた。稚アユを見た瞬間、航が反応した。〈カカナ!〉と叫んで、反応した。そして、ポリバケツの中の稚アユを、じっとのぞき込んでいた。

この1年間、何に対しても無反応だった航……。それが、突然に……。

わたしは、とにかく驚いた。ただ、びっくりしていた。けれど、落ち着いて考えてみれば、わかる気もする。もともと、航は、釣りと魚が好きだった。家族で奥多摩へいっては、ヤマメなんかを釣った。そのとき、〈カカナ! カカナ!〉と叫んで、大喜びしていたものだ。

それを思い出せば、わかる気がしないでもない。あの事故以来、航は、釣りとも魚とも出会わないで、殻《から》に閉じこもっていた……。ところが、1年ぶりの魚に、反射的に反応した。

そう思えば、ほんの少し、希望の光が見えたことになる。ぶあつい雲におおわれた空……。その雲の一ヵ所が開き、ひと筋の光が海面を照らすように……。わたしは、ふと、そんなことを考えていた。ふり向く。航は、あい変わらず、テレビの前に座っている。走査線だけが映っている画面を前に、両膝《ひざ》をかかえている。わたしは、また、枝豆をひとつ、口に入れる。ビールのグラスを、ゆっくりと口に運ぶ。ぬか喜びはダメだ……。そう、自分に言いきかせながら……。


「へえ……航君が……」

と知子。濡《ぬ》れた髪を、タオルで拭《ふ》きながら言った。翌日。午後3時。知子がやっている釣り具屋。わたしは、また、店番をやっていた。知子は、昼間、ウインドサーフィンにいって、いま戻ってきたところだ。シャワーを浴び、タオルで髪を拭いている知子に、わたしは話した。きのうの出来事を、簡単に話した。知子は、ゴシゴシとショートカットの髪を拭きながら、きいている。そして、

「へえ……航君が……」

と言った。

「それって、もしかして、いい気配《けはい》なのかもね……」

と言った。わたしは、うなずく。座ってテレビを見ている航をふり向いた。

「ワタル、カカナ、見にいくよ」

わたしは、テレビの方を向いている航に声をかけた。航は、立ち上がった。こっちを向いた。その動作が、いつもより速い。かなり速い動作で立ち上がる。ビーチサンダルを履いた。航と、港の桟橋に向かった。そのときも、航の歩き方は速かった。いつもは、無気力な感じで、のろのろと歩く。けれど、いまは、かなりきびきびとした動作で歩いていく。

やがて、港に出た。コンクリートの桟橋を歩いていく。桟橋の先端近く。きょうも、4、5人が釣り竿を出している。その中に、あの若い船頭もいた。彼は、きょうも、白いゴム長を履いている。黒っぽいトレーナーを着て、釣り竿を握っていた。わたしと航が近づいていくと、あの柔らかい笑顔を見せ、

「こんにちは」

と言った。わたしも、笑顔を返した。きのうと同じように、彼は、サビキ仕掛けで稚アユを釣っていた。ポリバケツの中。もう、かなりの数の稚アユが泳いでいた。彼が竿を上げると、5匹から8匹ぐらいの稚アユが、かかっている。それを見た航が、

「カカナ！　カカナ！」

と声を上げた。しばらくして、

「やってみる？」

と彼。そばにいる航に言った。〈釣りをやってみるかい？〉ということらしい。確かに、

この釣りに使う釣り竿は、細くて軽い。子供でもあつかえるものだった。航は、ためらっている。彼は、仕掛けを海に入れる。

「ほら」

と言って、釣り竿を航にさし出した。航は、3、4秒、ためらっていた。けれど、なかばおそるおそる、釣り竿を両手で握った。

「少し竿を上下させて」

と彼が言った。航は、言われた通り、ゆっくりと竿を上下させる……。やがて、竿先が、ピクピクッと動いた。稚アユが、かかったらしい。航は、竿を上げようとする。けど、

「まだまだ」

と彼が言った。〈そのまま〉と、動作で示した。航は、うなずいた。竿を上げずにいた。しだいに、竿の曲がりが大きくなる。何匹もの稚アユが、かかったんだろう。彼が、

「はい、上げて」

と言った。航が、ゆっくりと竿を上げる。仕掛けが、海から上がってくる。4匹ほどの稚アユが、かかっていた。小さなナイフの刃のように光っている。その魚体が、遅い午後の陽射しの中で躍動していた。それを見る航の眼が、大きく見開かれている。

「オーケイ」

と彼。仕掛けの一番下にあるオモリをつかむ。仕掛けにかかっている稚アユを、1匹ずつはずし、ポリバケツの水に落としていく。

「カカナ!」

また、航が声を上げた。サビキ仕掛けに、7匹の稚アユが、かかっていた。航が釣り竿を握って、30分以上たった。けれど、彼は、航に、稚アユ釣りをやらせてくれている。わたしは、彼に、釣り竿を返そうかとも思った。けど、嬉《うれ》しそうに、はしゃいでいる航を見ていると、釣りをやめさせるのも、ためらっていた。いま、7匹の稚アユを航は釣った。

「やるじゃないか」

と彼。航の頭を、軽くぽんと叩《たた》いた。また、仕掛けにかかっている稚アユを、ていねいにハリからはずし、ポリバケツに入れていく……。

やがて午後5時近くになった。そろそろ、桟橋の釣り人たちが帰りはじめる頃だった。

航は、まだ、彼の竿を使って、釣らせてもらっている。わたしが、〈そろそろ……〉と言いかけたときだった。航が、竿を立てた。3匹ほど稚アユのかかった仕掛けが、海面から上がる。けど、航は、勢いよく釣り竿を上げすぎた。仕掛けが、宙を舞う。彼が着ているトレーナー。その肩あたりに、サビキの釣りバリが、刺さってしまった。

「ちょっと待って」

わたしは言った。とりあえず、仕掛けから稚アユをはずす。ポリバケツに放り込んだ。

彼のトレーナーの肩に、釣りバリの1本が、刺さってしまっていた。ハリは、トレーナーの生地に、しっかりと貫通してしまっている。こういう細くて小さいハリが、服に刺さってしまうと、なかなか、やっかいだ。小さなハリでも、カエシがある。スッと抜けてはくれないのだ。

「このままじゃダメね」

わたしは言った。彼の後ろに回る。肩口に刺さったハリを引き抜こうとした。4、5分かけてやってみた。けれど、うまく抜けない。ハリのカエシが、どうしても抜けない。

「ペンチ、ないかしら……」

「船の中に」

彼は言った。指さす。すぐ近く。桟橋に、釣り船が舫《もや》われていた。黄色い船体の釣り船。それは、〈第七明神丸〉だった。彼が、毎日、海に出している船……。わたしは、うなずいた。釣り竿から、仕掛けをはずす。航に、

「そこにいるのよ」

と言った。彼と一緒に、桟橋から、〈明神丸〉に乗り移った。釣り船には、操船室があ

る。キャビンというような広さはない。船長あるいは船頭が、文字通り操船するスペースだ。釣り船の操船室は、とっ散らかっていることが多い。空き缶、空きビン、釣り道具などが、散乱していることも少なくない。

けど、彼の操船室は、まるで違っていた。きちんと整頓《せいとん》されている。引き出しには、〈オモリ10号、20号、30号〉などと表示したシールが貼ってある。舵《かじ》やアクセルレバーなどの金属も、きれいに磨かれている。

彼は、左舷《さげん》側にある引き出しから、ペンチをとり出した。わたしに渡した。先が細くなっているラジオペンチだ。わたしは、そのペンチを使って、釣りバリを抜きはじめた。

2、3分で、なんとかなった。トレーナーの生地を破らずに、ハリを抜くことができた。彼が、引き出しにペンチを戻す。わたしは、操船室の壁に目を止めた。そこに、白いプレートが貼られていた。〈船長　周 雲龍〉とプレートに刻まれていた。わたしがそれを眺めていると、

「僕の名前」

と彼が言った。そして、

「チョウ・ユンロンって読むんです。中国人だから」

と、つけ加えた。

「中国人……」

「ええ……。生まれたのは日本ですけど」

彼が言った。淡々とした口調だった。わたしも、それほど驚いたわけじゃない。通っていた体育大学にも、韓国人や中国人の学生が、かなりいた。わたしと彼は、操船室を出た。

栈橋で、帰りじたくをはじめた。わたしは、稚アユの入ったポリバケツを見る。

「それ、どうやって食べてるの？」

と彼にきいた。

「面倒くさいから、塩焼きです」

「塩焼きねえ……」

と、わたし。彼は、苦笑い。

「でも、毎日やってるから、アパートの部屋が煙臭くなっちゃって……」

と言った。ちょっと恥ずかしそうな表情を見せた。

「じゃあ、また」

とチョウ。おじぎをした。釣り竿とポリバケツを手に、栈橋を歩いていく。その後ろ姿を、わたしは、じっと見送っていた。

11　リップクリームは、ひさしぶり

　夕方。5時半。うちのキッチン。鍋《なべ》の中で、パスタが踊っていた。煮立ったお湯の中で、ディ・チェコのパスタが、くるくるとダンスを踊っていた。わたしは、塩をひとつまみ、鍋に入れる。

　鍋の中のパスタを眺めて、わたしは、ちょっと物想いにふけっていた。さっき、桟橋で別れたばかりの彼のことを、思い返していた。

　周《チョウ》　雲龍《ユンロン》……。そう、頭の中に書いてみる。そして、彼の動作や言葉づかいを思い出してみた。彼は、ごく簡単に言ってしまえば、優しく、礼儀正しかった。それは、最近の日本人の男とは、少し質のちがう優しさや礼儀正しさという感じがした。

　日本人の男が持つ優しさは、気の弱さからくるものであることが多い。気が弱く、自分に自信がないから、優しさをよそおっていることが多い。礼儀正しさにしても、似たようなものだ。誰にでも嫌《きら》われないように、とりあえず礼儀正しくしている。そうしていれば、無難だから……。わたしは、そう感じている。

けれど、彼、周《チョウ》の場合は、少し違うと思った。彼には、一種の強靭《きょうじん》さが感じられる。バネを思わせる筋肉質の体つき。そして、体力的にも精神的にもかなりきつい釣り船の仕事……。それをこなすには、体も精神も、強靭さを持っていなければダメだろう。

彼は、たぶん強い人間なのだと思う。同時に、優しく、礼儀正しい……。それは、とても珍しいことではないだろうか……。わたしは、そんなことを考えながら、パスタを茹《ゆ》でていた。窓からは、バナナのような色あいの夕陽が射し込んでいる。そばに置いたCDラジカセからは、R《ルパート》・ホームズの唄《うた》う〈Him《ヒム》〉が低く流れていた。


あった、あった……。わたしは、胸の中でつぶやいていた。

昼過ぎ。うちの玄関。そのすみに、釣り竿《ざお》が10本以上も立てかけてあった。昔、祖父やわたしが使っていたものだ。短い竿あり、長い竿あり。硬い竿あり、柔らかい竿あり……。

そんな竿の中に、その1本があった。軽くて柔らかい和竿。サビキ釣りに使っていたものだ。ホコリをかぶっている。けれど、どうにか使えそうだ。わたしは、その竿を手にとる。布で拭《ふ》いて、ホコリをとる……。

「サビキ仕掛けねえ……」

知子が言った。〈へえ……〉という顔をしている。わたしは、知子の釣り具屋のすみにいく。並んでいるサビキ仕掛けの中から、〈秋田キツネ〉というハリのものを探していた。サビキ釣りでも、稚アユを釣る場合、この〈秋田キツネ〉というハリがいいのだ。

　理由は、わからない。けれど、地元の釣り人たちはみな、このハリを使っている。わたしは、〈秋田キツネ〉を使ったサビキ仕掛けを探していた。そうしながら、知子に説明する。航が、稚アユを釣ると大喜びすること。いまは、〈明神丸〉の船頭さんの竿と仕掛けを使って、釣らせてもらっていた。けど、ずっと、そうしているのも悪い。

「で、自分の竿と仕掛けを用意するわけ」

　わたしは言った。話しているうちに、〈秋田キツネ〉のサビキ仕掛けが見つかった。わたしは、ビニール包装された仕掛けを、ヨットパーカーのポケットに入れた。

「つけといて」

　と知子に言う。航を連れて、釣り具屋を出た。

　こっちにふり向き、

「こんにちは」

とチョウは言った。午後3時過ぎの桟橋。きょう、年寄りの釣り人は少ない。2人いるだけだ。チョウは、わたしが手にしている釣り竿やポリバケツを見た。ちょっと意外そうな表情をしている。わたしは、ロープのついたポリバケツに海水をくむ。うちが近所なので、子供の頃から、このサビキ釣りをやっていた。そのことを、わたしは、サラリと説明した。チョウは、うなずきながら、きいている。きき終わると、微笑し、

「そうですか。じゃ、一緒に釣りましょう」

と言った。わたしは、振り出し式になっている和竿を伸ばす。その竿先に、1号の道糸を結ぶ。そして、〈秋田キツネ〉のサビキ仕掛けをセットしていく……。

「カカナ、釣れた！」

航の声が響いた。サビキ仕掛けを海に入れて5、6分。竿先が、細かく震える。わたしが、〈少し待って〉と言う。航は、しばらく、待っていた。やがて、我慢《がまん》できなくなった。釣り竿を立てる。3匹の稚アユが、ハリにかかっていた。それを見た航が、

「カカナ、釣れた！」

と叫んだのだ。わたしは、その瞬間、かなり驚いていた。これまで、魚が釣れたとき、

航が口にするのは、〈カカナ！〉という単語だけだった。それが、いまは、〈カカナ、釣れた！〉と言った。〈釣れた！〉……口にした言葉が、ひとつ、ふえた。それは、わたしを驚かせた。

その日、釣り人が少ないせいか、稚アユは、よく釣れた。となりで釣っているチョウの仕掛けには、必ず7、8匹の稚アユが、かかっていた。航が握っている竿には、それほどたくさんは、かからない。それでも、1回に3、4匹は釣れている。航の、はしゃいだ声が、遅い午後の桟橋に響く……。

太陽が、かなり西に傾いてきた。風も、涼しくなってきていた。チョウは、サビキ仕掛けをしまいはじめた。いつものように、ていねいに、ボール紙に仕掛けを巻いていく……。わたしも、そろそろ釣りを切り上げることにした。航は、まだ釣りをしていたい様子だった。けれど、わたしは、

「また、明日ね」

と言う。仕掛けの片づけをはじめた。片づけをしながら、となりのチョウに声をかけた。

「魚は、きょうも塩焼き？」

「はい」

「うちは、カラ揚げにするけど……もしよかったら、一緒に食べない？」

わたしは言った。仕掛けをボール紙に巻いていたチョウの手が、止まった。こっちを見た。

「……カラ揚げ、ですか……」

とチョウ。わたしは、うなずいた。

「カラ揚げにした方が、何倍もおいしいから。よければ、うちにきて……」

と言った。わたしがチョウにそう言った理由は、いくつかある。その1。航が魚に反応をしめした。そのきっかけをつくってくれたのはチョウだ。そのお礼をしたい気分だった。理由その2。チョウは、たぶん一人暮らしなのだろう。アパートの一室で、ひとり、魚を塩焼きにしているのは、わびし過ぎる。そして、彼の優しさ、礼儀正しさに、一種の好感を持っていたことも確かだ。

「もしよかったら……」

わたしは言った。無理に彼を呼ぶのは、逆に迷惑だろう。彼は、しばらく考えている。何か、迷っているようだった。その理由は、だいたいわかる……。

「気にしないでいいわ。うちは、わたしと、この子だけだから」

わたしは、つとめてカラッとした口調で言った。まだしばらく迷っていたチョウは、

「それじゃ……」

と言った。わたしは、うちの場所を説明した。彼は、うなずいている。わかるらしい。

「一度、アパートに帰ってからだから、30分……40分ぐらいかかると思います」

彼は言った。わたしは、〈かまわないわよ〉という表情で、うなずいた。彼のポリバケツに入っている稚アユを、わたしのポリバケツに移した。軽く持てるように、海水を少し捨てた。

「じゃ、あとで」

わたしは言った。釣り竿とポリバケツを持つ。航と並んで歩きはじめた。

家に戻る。航にシャワーを浴びさせる。自分も、シャワーを浴びる。濡《ぬ》れた髪を、タオルで拭く。洗面所の鏡の前。お化粧はしない。けれど、淡いピンクのリップクリームを塗った。唇にリップクリームを塗るのは、ひさしぶりだった。理由は、わかっていた。彼を、〈好感の持てる青年〉と感じている……。それは、確かだった。自分を、ごまかしたくなかった。

キッチン。

ポリバケツに入っている稚アユを水洗いする。洗った稚アユを、ペーパータオルの上に並べて水分をとる。そして、粉をまぶしていく……。鍋にサラダ油を入れ、火をつけた。

　そのとき、玄関のチャイムが鳴った。手を拭きながら、玄関にいく。玄関をガラガラと開けた。チョウが立っていた。さっきとは、かなり違う服装だった。細かいチェックの長《なが》袖《そで》シャツを着て、ジーンズをはいている。ジーンズも、さっきとは違う。汚れも、ほつれもない。新品のようなジーンズだった。足もとには、ゴムゾウリを履いている。短めの髪は、まだ濡れている。シャワーを浴びて、すぐに出てきたんだろう。ちょっと緊張した表情をしていた。チョウは、片手に、ビールの6缶パックを持っていた。サントリーの6缶パック。途中で買ってきたらしい。

「これ……」

　と言って、さし出した。

「気をつかわなくていいのに」

　わたしは言った。6缶パックをうけとり、彼を家に上げた。テーブルとイスのあるリビングに、彼を通す。チョウは家を見回して、

「広い家ですね……」

「広いけど、ぼろっちいの」

　わたしは言った。冷蔵庫から冷えているビールを1缶出した。彼に渡した。

「とりあえず飲んでて。もうすぐ魚を揚げはじめるから」

と言った。わたしは、廊下をへだてたキッチンに戻った。

油の温度が、しだいに上がってくる。もう少し……。うまく天ぷらやフライを揚げるコツは、とにかく油の温度を高めに保つことだろう。わたしが油の温度を見ていると、

「立派なキッチンですね……」

という声。キッチンの入口。缶ビールを持ったチョウが立っていた。キッチンを見回している。この家を造った祖父は、飲み食いを大事にする人だった。釣りが好きだったこともあり、特に魚料理には、こだわっていた。漁師たちとも仲が良かったので、魚をもらうことがよくあった。

そんな魚介類をたくさん保存するために、冷蔵庫と冷凍庫は、プロ用のものを入れてある。ちょっとしたレストランなみの厨房《ちゅうぼう》だった。そんなキッチンを、彼は眺めている。やがて、油の温度が上がった。わたしは、稚アユを揚げはじめた。

「とてもおいしいです……」

チョウが言った。揚げた稚アユを口に入れたところだった。テーブルには、祖父が好きだった大皿。そこに、揚げた稚アユを盛ってある。そして、レモンをブツッと切ったものをそえてあった。わたしがやる料理の盛りつけは、性格そのまま、男っぽいと言われる

ことがある。それは、半分、当たっているかもしれない。昔から、あまり女っぽいと言われたことはない。

それはそれとして、亡くなった祖父の影響もあると思う。祖父は、男っぽく、骨っぽい性格の人だった。だから、料理でも、ちまちました盛りつけを嫌《きら》っていた。

ある年の正月。母親が、おせち料理をとりよせたことがある。知り合いの料理屋につくらせたものだった。それは、見ためには小ぎれいに出来ていた。けれど、祖父は、それを気に入らなかったようだ。小学生だったわたしにも、体裁《ていさい》だけのちまちました料理だと感じられた。祖父は、そのおせち料理に、箸《はし》をつけなかった。

そんな祖父の気質を、どうやら、わたしはうけついでいるようだ。ついつい、豪快な盛りつけになってしまうのだ。いまも、大皿に、山盛りの稚アユ。そして、ぶつ切りにしたレモンがそえてある。

わたしとチョウは、稚アユのカラ揚げを、自分のとり皿にとる。そこにレモンを絞りかけ、口に入れる。稚アユには、まだ、魚っぽい匂いがない。淡いホロ苦さがあるだけだ。カラ揚げにすると、ひたすら香ばしい。そこにレモンを絞り、口に入れる。そして、冷えたビールを飲む。言葉は、いらない。

稚アユでビールを飲みはじめて、しばらくたったとき、わたしは、カラ揚げを、小さな皿に盛った。そこに、レモンと中濃ソースをかけた。お茶碗《ちゃわん》に、ご飯をよそう。それを、お盆にのせ、奥にある航の部屋に持っていった。あの事故以来、航は、自分の部屋でご飯を食べるようになっていた。いまも、航は、窓ぎわで、ぼんやりとしている。わたしは、

「晩ご飯。さっき釣ったカカナよ」

と言った。昔からうちにあった小さな卓袱台《ちゃぶだい》に、カラ揚げとご飯を置いた。それ以上、何も言わず、部屋を出た。こういうオカズなら、航も食べるだろう。それは、経験でわかっている。リビングに戻る。グラスに注いだビールが、2つとも空になっていた。わたしは、冷蔵庫から新しい缶ビールを出した。グラスに注ぐ。チョウは、

「ありがとうございます」

と言った。グラスを手にする。そして、

「……あの……」

と、遠慮がちに口を開いた。

12　ドジ、こいた

「何?」

「あの……名前を教えてもらって、いいですか?」

とチョウ。あい変わらず、遠慮がちな口調で言った。

「そっか、まだ名のってなかったわね」

と、わたし。

「サキ。コバヤカワ・サキよ」

「サキ……。どんな字ですか?」

チョウが、きいた。わたしは、近くに置いてあるメモ用紙をとった。航の様子に何か変化があったとき、書きとめるため、いつもメモ用紙を用意してある。そのメモ用紙。ボールペンで、〈小早川　咲〉と書いた。チョウに見せた。チョウは、うなずく。

「花が咲く、のサキ……。いい名前ですね」

と言った。もし、相手が知子だったら、〈34にもなったら、咲いた花も、あとはしおれるだけだよねえ〉などと憎まれ口を叩くのだろう。けど、チョウの顔は、まじめそのものだった。わたしも素直に、

「ありがとう」

と言った。また、稚アユのカラ揚げを口に入れる。ビールを飲む……。

あちゃ、まずい……。わたしは、胸の中で、つぶやいていた。

お昼の天気予報。今夜、神奈川県は雨となっている。ここしばらく、雨は降らなかった。けれど、今夜は、ほぼ100パーセント雨。そう天気予報は言っている。雨が降れば、洗面所や風呂場《ふろば》は、雨漏りがするだろう。それは、まずい。かといって、いまから屋根の修理をするのも間に合わない。さて、どうしよう……。わたしは、しばらく考えていた。そして、とにかく、応急処置をすることにした。

わたしは、自転車を押して門から出た。近くにある工具店まで走らせる。

その工具店は、工務店などの本職もくる店だった。工務店が使うような物なら、なんでも揃っていた。昔、ヨットの修理をするとき、さまざまなネジやボルトや塗料などを買っ

たものだった。工具店に入る。わたしは、ビニールシートを探した。なんにでも使える青いビニールシート。その、2メートル四方のものを買った。自転車のカゴに入れて家に戻る。それで、応急処置をするつもりだった。

わたしは、ハシゴを出してきた。それを、屋根にかける。たたんだビニールシートをかかえ、そろそろとハシゴをのぼっていく……。ハシゴから屋根へ。屋根瓦《がわら》の上を、ゆっくりと上がっていく。やがて、瓦が割れている所に、たどり着いた。

もう割れてしまっている瓦を、わきにどける。そして、瓦がはがれている所に、ひろげたビニールシートをかぶせた。いま風はなく、シートは楽にひろげて、屋根にかぶせられた。かぶせたシートの上に、割れた瓦を、いくつも置いた。

今夜、雨は降るけれど、風が吹く様子はない。うまくすれば、これで、一時的だけど雨漏りは防げるかもしれない。ダメなら、そのときのことだ。わたしは、そう腹をくくった。屋根を、ゆっくりと、おりてくる。ハシゴに足をかけた。ハシゴを、一段一段、後ろ向きにおりていく……。あと4、5段……。そう思った瞬間だった。足が滑った。ハシゴから落ちる！

とっさに、頭をかばう。左肩から地面に落ちた。

さいわい、顔や頭は地面に打ちつけなかった。けど、体全体、そこそこの勢いで地面に落ちた。芝生が、はげかけている、その地面に落ちた。鼻をぶつけたわけでもないのに、鼻の奥がツーンとした……。気を失ったりはしていない。けど、わたしは、しばらく眼を閉じていた。地面に体を丸めて……。

やがて、ゆっくりと眼を開けた。はげちょろけの芝生が見えた。体を、仰向けにする。午後の空が、ひろがっていた。視界のすみに、木の枝が見えている。

わたしは、ゆっくりと体を起こした。どこもひどく打ちつけていない。それは、わかっていた。それでも、そっと体を起こしていく……。上半身を起こしたところで、左手を地面についた。左の手首が、にぶく痛んだ。

どうやら、左肩から落ちたとき、とっさに左手も地面についたらしい。右手を地面につく。ふらつきながら、どうやら起き上がった。長袖《ながそで》Tシャツの左肩。芝生と土がついている。右手で、それを払う。左手首を動かしてみる。やはり、ズキリと痛んだ。ちょっと、ひねったらしい。わたしは、〈まずった……〉と胸の中で、つぶやいていた。

その1時間後。わたしは、キッチンにいた。冷凍の枝豆を茹《ゆ》でていた。左手首には、救急箱から出した、いわゆる湿布薬を貼ってある。医者には、いってない。

オテンバだったわたしは、子供の頃から、しょっちゅうケガをしてきた。特にヨット選手だった頃は、さまざまなケガとつき合ってきた。そんな経験から、きょうのケガは、大事《おおごと》じゃないとわかっていた。軽く手首をひねっただけだろう。湿布をしておけば、2、3日で治ると思えた。

とはいえ、きょう、稚アユ釣りにいくのは、無理そうだった。左手で何かを持つと、にぶい痛みが走るのだから……。今夜は、つくり置きしておいた惣菜《そうざい》を電子レンジであたためよう……。そう決めた。とりあえず、枝豆でもつまみながら、ビールの1杯でも飲むことにした。わたしは、冷凍の枝豆を、茹ではじめた。茹ではじめてすぐ、航がキッチンに姿を見せた。

「カカナは?」

と、きいた。サビキ釣りにいかないの? そうきいているらしい。

「カカナ、きょうはなし。ごめんね」

わたしは言った。航は、不満そうな表情。しばらく、わたしを見ていた。そして、あきらめたようだ。自分の部屋に戻っていった。

やがて、枝豆が茹であがった。わたしは、それをザルにとる。湯気をあげている枝豆に、塩をふっていく……。そのとき、玄関のチャイムが鳴った。わたしは、タオルで手を拭《ふ》き

ながら、玄関にいく。開けた。チョウが立っていた。わたしは、かなり驚いていた。彼は、いつものおだやかさで、

「こんにちは」

と言った。わたしは、うなずいた。チョウは、ブルーのトレーナーに、きれいなジーンズをはいていた。片手に、ビニール袋を持っていた。わたしが何か言う前に、口を開いた。

「きょう、釣りにこなかったから……どうしたのかと思って……」

「あ……」

わたしは、つぶやいた。どうやら、心配して、きてくれたらしい。

「あの……ちょっと、あってね……。まあ、上がって」


その30分後。わたしと彼は、リビングでビールを飲んでいた。彼は、きょう釣った稚アユを、氷と一緒にビニール袋に入れて持ってきてくれていた。わたしは、それを、手早く、塩焼きにした。茹でた枝豆と稚アユの塩焼きをつまみながら、わたしたちは、ビールを飲みはじめていた。ビールのグラスを手に、わたしは、事情を、さらりと話した。屋根の応急処置で、ハシゴを登った。そして、こけた。そのことを、簡単に話す。左手首に貼った湿布を見せ、苦笑い。

「ドジ、こいちゃった」

と言った。チョウが、小さく笑った。わたしを見ている……。

「サキさんは、ティーンエイジャーみたいな言葉をしゃべりますね……」

と言った。わたしは、飲みかけのビールでむせた。しばらく、むせていた。それがおさまると、

「まあ……成長してないのかもね……」

と、わたし。チョウは、首を横に振った。

「そうじゃなくて、気持ちが若いんだと思います。……ぼくは、そういうの好きです」

と言った。わたしは、また、ビールでむせそうになる。

「おせじ言ったって、枝豆しか出ないわよ」

「おせじじゃありません。本当のことです」

ちょっと照れたような表情で彼は言った。照れてはいるけれど、へらへらした感じじゃない。たとえば、少年っぽいと言えば、当たっているかもしれない。チョウは、しばらく、わたしを見ていた。

「その手首じゃ、料理つくるの、ちょっと難しいんじゃないですか……」

「……きょうは、ちょっと無理かも……」

「わかりました。ぼくが、なんとかします」

チョウが言った。立ち上がった。

「慣《な》れてるのねえ……」

わたしは、つい言った。チョウは、キッチンに立っていた。トレーナーを腕まくり。包丁で、長ネギを細かく刻んでいた。さっき、冷蔵庫を見て、ある材料を確かめた。そして、〈チャーハンで、いいですか？〉と言った。わたしは、〈もちろん〉という表情で、うなずいた。チョウは、さっそく料理をはじめた。豚の薄切り肉をとり出し、小さく切った。そして、いま、長ネギを刻んでいる。その包丁さばきは、見事だった。スピーディーで、正確。とても、素人のものではない。

「料理、どこで覚えたの？」

「うちが、店をやっているんです」

「お店……。中華料理の？」

「ええ。横浜のチャイナタウンで……」

とチョウ。チャイナタウン……。中華街ということだろう。実家が、中華街で店をやっている……。それなら、この包丁さばきも、うなずける。

チョウは、中華鍋《なべ》に油を流し、火をつけた。油が熱くなったところへ、溶けた卵を流し込む。手早く、ネギ、解凍したご飯、豚肉などを入れる。さっと、塩、コショウを振った。

チョウは、鉄じゃくしを使い、強火で炒《いた》めていく。筋肉質の両腕が、鉄じゃくしと鍋の両方を動かし、材料を踊らせるように炒めていく。ご飯や豚肉が、一瞬、宙に舞う。わたしは、それを、ただ眺めていた。鍋と、それを動かしているチョウの横顔を眺めていた。横顔には、プロフェッショナルが持っている厳しさが漂っていた。声をかけるのが、ためらわれるような……。

いい匂いがキッチンにあふれてきた……と思ったら、チョウはもう皿を用意していた。大きめの皿を2つ。そして、小さめの皿を1つ。小さい皿は、航のためだろう。チョウは、手ぎわよく、チャーハンを皿に盛った。もう、コンロの火は消えていた。

「おいしい……」

わたしは、思わず、つぶやいていた。チャーハンを、ひとくち、食べた瞬間だった。チョウのチャーハンは、軽く、ふわりとしていた。その辺の中華食堂で出すチャーハンとは、まるで違う。

「ほんと、おいしい……」

わたしは、また、つぶやいていた。チョウは、微笑した。料理していたときの厳しさは消え、また、少年のように照れた微笑を浮かべている。自分でもチャーハンを食べながら、

「ただ、強火に気をつかっただけです」

「強火か……」

わたしは、くり返した。チョウは、テーブルのメモ用紙に、ボールペンで〈武火〉と書いてみせた。

「これが、強火？」

きくと、うなずいた。

「じゃ……弱火は？」

チョウは、メモ用紙に〈文火〉と書いた。〈武火〉と〈文火〉……。

「中国語では、強火、弱火を、こう書きます」

チョウは言った。そして、

「たとえば、何かをコトコト煮込むときは、こっちです」

と言い、〈文火〉の文字を指さした。

「あ、雨……」

わたしは、つぶやいた。雨の降る音がしはじめていた。庭の木立ちに、壊れかけた雨どいに、雨の当たる音が、きこえはじめていた。航は、チャーハンをきれいに食べると、もうベッドで眠っていた。わたしとチョウは、ウイスキーを入れたコーヒーを、ゆっくりと飲んでいた。

「中華街か……」

わたしは、何気なく口にした。チョウは、小さくうなずいた。

「親戚《しんせき》は、みな華僑《かきょう》です」

と言った。

「……でも、言われてみなきゃ、中国の人だとわからないわよ。しゃべりも、まるで日本人だし」

わたしは言った。それは本当だった。彼の顔立ちに、中国を感じさせるところはない。

彼は、また照れたように微笑し、

「中国人だというのを、かくすつもりはないです。でも、日本人の友達がたくさん欲しいから、日本語は、よく勉強しました」

と言った。そのとき、わたしは、ふと気づいた。チョウが話す日本語は、正確だ。けど、正確で、ていねい過ぎるところがある。それは、勉強して覚えた日本語だからかもしれない。たぶん、そうなんだろう……。わたしは、胸の中でうなずいていた。それはともかく、ききたいことはほかにあった。横浜中華街に実家をもつ青年が、なぜ、葉山の釣り船で船頭をしているのか……。不思議に感じられた。けど、いまそれをきくのを、わたしは、ためらっていた。わたしとチョウの間柄は、そこまで親密なわけじゃない。その思いが、心の中にあった。

　しだいに強くなる雨音……。わたしたちは、無言できいていた。ゆっくりと、ウイスキーの香りがするコーヒーを飲んでいた。部屋のすみに置いたCDラジカセから、B《ボズ》・スキャッグスの〈Slow Dancer《スロー・ダンサー》〉が低く流れていた。

13　スパイスが、魔法を使う

わたしは言った。チョウに、雨傘をさし出した。彼が、帰ろうとしているところだった。どしゃ降りじゃない。けど、小雨というより、本降りになっている。わたしは、玄関にあったビニール傘を、チョウに貸そうとした。彼は、ちょっと遠慮している。

「濡《ぬ》れちゃうから、これ使って。返すのは、いつでもいいから……」

わたしは言った。チョウは、うなずいた。

「じゃ、明日、返しにきます。また、晩ご飯をつくります」

「でも……」

〈でも、連続じゃ、悪いわ〉。わたしは、そう言おうとした。けど、

「サキさん、まだ手首が痛いでしょう。明日も、ぼくが晩ご飯つくります。迷惑でなけれ

ば……」

「……迷惑なんかじゃないけど……」

「よかった……」

とチョウ。わたしがさし出した傘を、うけとった。傘を手に、玄関を出ていこうとした。玄関を開け、外に出ようとした、そこで立ち止まった。こっちに背中を向けたまま、

「……葉山に、友達がいないから……」

とだけ言った。言い終わって、3秒、4秒、5秒……。傘をひろげる。歩きはじめた。肩幅の広い背中が、雨の中に消えていく。わたしは、しばらく、その場に立ちつくしていた。雨の音と、雨の匂いが、体を包んでいた……。

翌朝、雨は上がっていた。手首の痛みは、ほとんどなくなっている。わたしは、庭に出た。紫陽花《あじさい》の葉に、雨粒が光っている。陽射しが、まぶしかった。春というより、初夏を感じさせた。わたしは眼を細め、青空を見上げた。きのう、チョウが言った言葉を、心の中で、リプレイしていた。〈葉山に、友達がいないから……〉。その言葉を、思い返していた。あのひとことだけは、それまでと違っていた。チョウの、折目正しく、ていねいな口調とは、違っていた。声が、硬かった。なにか、切実さのようなものを感じさせた。横浜

の中華街で育ち、いま、この小さな海岸町で暮らしている、そんな彼のこれまでは、どんなものなのか……。そこに、どんな光と影があるのだろうか……。わたしは、そのことを考えていた。考えながら、ひたすら明るい空を見上げていた。

チョウが、きた。


午後4時頃。両手にビニール袋をさげて、チョウがやってきた。ごく普通の笑顔を見せ、

「こんにちは」

と言った。わたしも、笑顔を返す。彼を家に上げた。チョウは、そのまま、キッチンにいく。ビニール袋の1つを、シンクの中に置いた。そのビニール袋からは、アジが出てきた。かなりいいサイズのアジが、10匹ぐらい出てきた。わたしは思わず、

「わあ……」

と声に出していた。アジは、葉山の沖で釣れる。一年中釣れるけれど、やはり、旬、つまり美味《おい》しい時季はある。春から初夏にかけて、つまり今頃が、ベスト・シーズンだろう。

「これ……きょう釣ったの？」

わたしは、きいた。チョウは、うなずいた。きょう、彼が舵《かじ》を握る釣り船は、アジ・サバ釣りで出港したという。うまくアジの群れに当たり、よく釣れた。チョウも釣り竿《ざお》を出

し、これだけ釣ってきたと言った。わたしと彼は、相談した。とりあえず、4匹は刺身で食べることにした。残りは、チョウが料理に使うという。わたしは、さっそく、まな板と出刃包丁を出す。アジをさばきはじめた。さばいていても、魚が新鮮なことがわかる。

チョウは、もう1つのビニール袋から、中身をとり出した。中国酒らしい瓶が出てきた。そして、小さめのビニール袋がいくつも……。その中身は、食材と香辛料らしい。すぐにわかったのは、干しシイタケと干しエビだ。干した貝柱らしいのもあった。香辛料は、ほとんど見たことのないものだった。それが、10種類近くあった。チョウは、調理台の上に、食材や香辛料を並べた。どれをどう使うか、考えているようだ。

15分後。チョウは、材料の下ごしらえを終えた。

わたしは、アジの刺身を、青磁の皿に盛りつけた。すりおろしたショウガと、浅葱《あさつき》のみじん切りをそえた。テーブルに出した。新鮮な刺身を食べるので、わたしは冷蔵庫から白ワインを出した。近くのスーパー〈ユニオン〉で買ったチリ産の白ワイン。値段は安いけれど、なかなかいける。

「じゃ」

と言い、わたしとチョウは、グラスを合わせた。よく冷えた白ワインをひとくち……。醬油《しょうゆ》にショウガをとく。浅葱をのせたアジの刺身に、ショウガ醬油をつけ、口に運んだ。

ほどよく脂がのったアジの香りが、口にひろがる。また、冷えた白ワインをひとくち……。チョウが微笑した。

「おいしいです」

「そうか……。中華料理には、お刺身ってないわよね……」

わたしは、2杯目のワインに口をつけて言った。チョウは、うなずいた。

「中国料理は、世界で一番奥が深いとも言われています。実際、料理法だけでも、数えきれないほどありますね」

と言った。かたわらのメモ用紙をとる。そこに漢字を書き、カタカナでふりがなをふっていった。〈焼《シャオ》〉、〈煮《ツウ》〉、〈蒸《ツエン》〉、〈燻《シュン》〉、〈炒《ツァオ》〉……そのあたりまでは、漢字を見て、わたしにも、料理法がわかった。けれど、〈炸《ツァー》〉、〈炮《パオ》〉、〈湯《タン》〉となると、どういう料理法か、わからない。チョウは、あい変わらず微笑したまま。

「とにかく、料理法は山ほどあるけど、刺身というのは、ないですね。最近じゃ、海鮮中華などといって、生の魚やエビを使う店もあるようですけど……」

と言った。そんな、他愛ない話をしているうちに、ワインは空になってしまった。チョウは、

「じゃ、ぼくが持ってきた中国酒を飲みましょう」

と言った。キッチンにいく。2、3分で、オン・ザ・ロックを2杯持ってきた。グラスの中は、ウイスキーやブランデーのような色をしている。口をつけてみる。たとえば紹《しょう》興酒《こうしゅ》のような味……。だけれど、さっぱりしている。甘くも、くどくもない。するっと、ノドを滑り落ちていく……。

「ワタル君は？」

チョウが、きいた。

「自分の部屋にいるわ。でも、あの子、お刺身は食べないの。まだ4歳だし……」

わたしは言った。チョウは、うなずく。

「ずっと、部屋にこもっているんですか？」

と、きいた。わたしは、無言で、うなずいた。チョウから見ても、やはり不自然なんだろう。当然とも言える。けど、チョウは、

「すいません。よけいなことをきいちゃって」

「……いいのよ」

わたしは言った。言いながら、考えていた。チョウに、すべてを話した方がいいのかどうか……それを考えていた。しばらく考えて、話してみることにした。その理由は、難し

いことではない。航の心を治療するために、チョウの力を借りたいと思ったからだ。魚を釣ることで、心を開きはじめた航の心を、さらに開いていくために……。

わたしは、中国酒のオン・ザ・ロックを、またひとくち。話しはじめた。わたしの生《お》いたちから、サラリと話しはじめる。ヨット娘だった頃……。東京の体育大へ進学。スイミング・スクールでインストラクターの仕事につく。そして、結婚。航が生まれる。そして、ダンナの事故死……。さらに、航が心を閉ざしてしまったこと……。そのあたりは、同情をかわないように、あえて、サラリとした調子で話す……。

オン・ザ・ロック2杯で、話し終わった。きき終わったチョウは、黙っている。確かに、そう簡単に反応できる話じゃないだろう。黙っているのが、まともな反応だと思えた。チョウは、小さくうなずき、無言で、自分のグラスを見つめている……。ぽつりと、口を開いた。

「じゃ……サキさんは、未亡人なんですね……」

と言った。わたしは、飲みかけた中国酒で、むせそうになった。未亡人……。それは、まるで昔のポルノ映画のタイトルに使われそうな言葉だった。わたしは、ホロ酔い気分で、彼を指さした。

「チョウ、あなたのニホン語、古いです。未亡人、古いです。せめて、シングル・マザーとかなんとか言いなさい」

と言った。チョウは、笑い声を上げながら、のけぞる。

「わかりました。ぼくのニホン語、古いです。ダメですね」

「そう、ダメです」

「はい、ダメです。ニホン語、ダメだから、ぼく、料理します」

笑いながら、チョウは言った。立ち上がった。キッチンに歩いていく。へたをすると湿っぽくなりそうな空気が、ガラリと変わった。少しほっとした。

いい匂いが、漂いはじめていた。わたしは、キッチンをのぞいてみた。チョウが、鍋《なべ》を煮立てていた。魚の身の団子を入れたスープをつくっていた。彼は、アジの身を、すごく細かく包丁で叩《たた》いた。野菜でいえば、みじん切りというような細かさだ。それに、長ネギやショウガをきざんだもの、何種類もの香辛料を入れて、ていねいに、かきまぜていた。それが入ったボウルは、冷蔵庫に入れてあった。たぶん、材料をなじませるために、寝かせていたんだろう。

彼は、干しシイタケをはじめ、いくつかの香辛料を鍋に入れ、スープをつくる。そこへ、魚の身を団子にして、落としていく……。イワシのすり身団子という食べ方がある。文字通り、イワシをすり身にしたものを団子にして、汁に入れる料理。あれに似た料理法なんだろう。香辛料のいい香りが、キッチンに漂っていく……。

「はい、どうぞ」

とチョウ。わたしの前に、器を置いた。湯気が立っている器。スープの中には、魚の団子、春雨《はるさめ》、シイタケなどが入っている。少しさまして、わたしは口に入れてみた。材料がアジなので、少し魚くさいかなと思っていた。けれど、魚の臭いは、ほとんどない。

「おいしい……」

と、わたしは、つぶやいていた。

「まるで魚くさくない……」

「中国のスパイスは、魔法を使うんです」

チョウは微笑して言った。わたしは、うなずいた。そして、思った。中国の香辛料は、確かにすぐれているのかもしれない。それを使うチョウの腕も、いいんだろう。でも……この、さりげない料理には、ただ〈美味《おい》しい〉という以上のものがある。舌やお腹を幸せにするだけではなく、心まで温め、幸せにしてくれる力がある……。わたしは、そう感じていた。

「この料理に名前はあるの？」

と、きいた。チョウは、テーブルのメモ用紙をとる。〈魚蛋湯菜〉と書いた。

「うちの店のメニューでは、こういう書き方をしています」

と言った。

「これなら、ワタル君にも食べられるんじゃないですか？」

とチョウ。わたしは、うなずく。キッチンにいく。魚スープを、小さめの器にとった。お盆にのせ、航の部屋に持っていった。航は、すぐには手を出さなかった。やがて、スプーンをとり、口に入れた。気に入ったらしく、食べ続ける……。わたしは、リビングに戻った。航が食べていると、チョウに言った。彼は、うなずいて、

「よかったです」

と言った。

「ワタル君の心を治すのに、釣りが役に立つ？……」

チョウが、たずねるともなく言った。わたしは、うなずく。

「たぶん……いや、確実に……」

と言った。さらに説明をする。もっと小さかった頃、奥多摩で釣りをしていた。そのときのことは、航の心の中に、最も楽しい思い出としていきているらしい。あの交通事故で、

閉じてしまった航の心……。それが、再び、魚と釣りに出会うことで開きかけている。そのことを、わたしは話した。事実、稚アユを見た航が、〈カカナ！〉と叫び、〈カカナ、釣れた！〉と口に出している。それまで、ひとことも口をきかなかったのに……。わたしは、そのことを、チョウに話した。チョウは、魚スープを口にする手を止めた。

「わかりました……。ぼくにできることなら、なんでもやります」

と彼。まっすぐに、わたしを見て言った。

「ありがとう……」

と、わたし。彼は、テーブルの上に視線を落とす。しばらく、無言……。何か、迷っているような……。やがて、顔を上げた。そして、言った。

「あの……ぼくにも、ひとつ、お願いがあるんですけど……」

14　一瞬の恋のような、ハロー・グッバイ

「泳ぎを、教えてほしい？」

わたしは、思わず、きき返していた。続けて、

「釣り船の船長が、まさか、泳げないの？」

と、きいていた。チョウは、ちょっと頭をかく。話しはじめた。小学生のとき、仲間と遊びにいった川で溺《おぼ》れそうになったことがある。それがトラウマになり、いまだにカナヅチだという。わたしが、スイミング・スクールのインストラクターをやっていたときいて、水泳を習うことを思いついたという。

「泳げなくても、船舶の免許はとれるんです」

とチョウ。それはそうにしても、釣り船の仕事をやっていて、泳げないのは、なにかとまずいだろう。海で何かあった場合、本人の命にもかかわる……。

「わかった。お安いご用よ」

わたしは言った。初夏になって水温が上がってきたら、近くの海岸で水泳の練習をする。そういうことで、話は決まった。

チョウが帰ったあとのリビング。わたしは、メモ用紙を眺めていた。彼が書いた〈魚蛋湯菜〉という4文字を眺めていた。彼らしく、直線的で角《かく》ばった字。男が書く字だ。同時に、〈湯菜〉という2文字には、人の心をなごませてくれる優しさと温かさがある……。

わたしは、いつまでも、あきることなくその文字を眺めていた。CDラジカセから流れるM《マライア》・キャリーのバラードを聴きながら……。


翌日。左手首は、完全に治っていた。わたしは、航をつれて、港の桟橋に向かった。航は、はしゃいだ足どりで海に向かう。きょうは、自分でポリバケツを持っている。桟橋に着く。釣り人は、あまりいない。チョウは、釣り竿《ざお》を握っていた。わたしたちを見ると、あい変わらず、ていねいな口調で、

「こんにちは」

と言った。わたしは、桟橋を見回し、

「釣ってる人、少ないわねえ……」

と言った。

「稚アユの群れが、そろそろ、こなくなったみたいです」

とチョウ。そうか……。わたしは、胸の中で、うなずいていた。稚アユの群れは、春の一時《いっとき》、港にあらわれ、しばらくすると去っていく。一瞬の恋のような、ハロー・グッバイ。そういうものなのだ。

「そのかわり、シコイワシが回ってきはじめてます」

とチョウ。彼の足もとにあるポリバケツを見た。中に、4、5匹のシコイワシが泳いでいた。手開きにして刺身にしたらよさそうなシコだった。わたしも、釣り竿をのばす。航に、サビキ釣りをはじめさせた。

2時間ほど過ぎたときだった。

「きょうは、こんなところね……」

わたしは言った。夕陽はかなり西に傾いている。ぽつっ、ぽつっと釣れていたシコイワシも、もう釣れなくなった。わたしたちは、サビキ釣りを切り上げようとしていた。航は、ときどき釣れるイワシに、はしゃいでいた。〈カカナ！　釣れた！〉と声を上げていた。けれど、チョウのバケツにも、わたしたちのバケツにも、シコイワシが10匹ずつぐらい……。

「これじゃ、おかずにならないですね」

とチョウ。

「きょうは、わたしが晩ご飯をつくるわ。食べにきて」

わたしは言った。このところ、連続でチョウにご飯をつくってもらっている。手首が治ったので、今度はわたしがご飯をつくってあげよう。そう決めていた。

キッチン。わたしは、シコイワシを手開きにしていた。新鮮なので、背骨は簡単にとれる。皿に、シソの葉を敷く。その上に、イワシの刺身を並べていく……。シソの緑と、イワシの銀色が、美しいコントラストを見せている。刺身の用意ができた頃、チョウがやってきた。デニム地の長袖《ながそで》シャツ。ジーンズ。足もとには、あい変わらずゴムゾウリを履いている。テーブルに、イワシを並べた皿を置く。すりおろしたショウガを、醬油皿《しょうゆざら》に入れる。イワシをショウガ醬油につけ、口に入れ、ゆっくりとビールを飲む……。

晩のおかずは、ピーマンの肉づめ。半分に切ったピーマンに、ハンバーグの材料をつめたものだ。もう、用意はすませ、冷蔵庫に入れてある。あとは、フライパンで焼くだけだ。

わたしと彼は、新鮮なイワシの刺身を口に入れ、ゆっくりとビールを飲む。ガラスごしの夕陽が、ビールのグラスに揺れている……。

そんな日々が、しばらく続いた。

毎日のように、夕方は航をつれて桟橋にいった。必ず、チョウと顔を合わせる。シコイワシは、よく釣れる日もあり、あまり釣れない日もあり……。あまり釣れなくても、航は、はしゃいでいる。〈カカナ！　釣れた！〉と声を上げる。しだいに、チョウになじんでいくようだ。わたしとチョウは、かわりばんこに晩ご飯をつくった。うちのキッチンに、中国の香辛料がふえていく。ときには、チョウが、中華料理を教えてくれた。庭は、若葉の季節。特に、モミジの若葉が美しい。暖かい日は、ガラス戸を開け放って、縁側でビールを飲んだ。

〈ありゃ……〉わたしは、胸の中でつぶやく。テレビの画面を見て、つぶやいていた。長期の天気予報をやっていた。今年は、例年より早く梅雨《つゆ》入りすると言っている。まずい……。雨漏りを、なんとかしなくちゃ……。わたしは、胸の中で、つぶやいていた。屋根の修理は、見積りをとったまま、ペンディング、つまり保留にしてある。

このところ、昼間は2日に1日のわりで、知子の釣り具屋で店番をやっている。そこそこのバイト代が入ってくる。やっぱり、屋根の修理をしよう……。わたしは、決めた。

工務店をやっている恒一に電話をかけた。恒一と話した。〈もう少し安くならない？〉と言ってみた。〈とりあえず屋根だけでいいから〉とも言ってみた。恒一が出してきた見積りには、何ヵ所かの修理が含まれている。その中で、屋根と洗面所の天井の修理だけ頼めないか。わたしは、そう言った。

「じゃ、近いうちにいくよ」

恒一は言った。

2日後。遅い午後。恒一は、やってきた。そろそろ、栈橋にいく時間だった。けど、きちゃったものは仕方ない。梅雨入りは早いというし……。恒一は、もう一度、ハシゴをかけ、屋根に上がった。10分ぐらい調べている。おりてくる。実際に雨漏りのする洗面所も見てみると言った。洗面所は、廊下の突き当たりにある。風呂場《ふろば》とくっついている。洗面所であり、お風呂に入るときの脱衣所もかねていた。

洗面所に入ると、少し、熱気がこもっていた。さっき、わたしがシャワーを浴びたのだ。昼間から、この季節とは思えないほど陽射しが強く暑かった。廊下の拭《ふ》き掃除をして、汗だくになってしまった。わたしは、さっとシャワーを浴びた。洗面所には、その熱気がこもっていた。籐《とう》の脱衣カゴには、脱いだ下着が入れてあった。恒一に見られたくなかった。

わたしは、天井を指さし、

「あそこが雨漏りするの」

と言った。つぎの瞬間、後ろから恒一に抱きつかれていた。というより、ぎゅっと抱きしめられていた。

「なに……」

驚いて言いかけた。

「小早川、ここで服を脱ぐんだね」

耳もとで、恒一の声がきこえた。荒い息もきこえる。あきらかに発情している。

「やめて!」

わたしは、恒一の腕を、ふりほどこうとした。けど、恒一は元サッカー少年。太ってしまったけれど、それなりに力は強い。なかなか、ふりほどけない。もみ合っているうち、わたしと恒一は、床に転がった。恒一は、あきらめない。わたしの上に、のしかかってくる。

「やめてったら!」

言っても、きかない。恒一は、わたしの上にのしかかったまま、首筋にキスしようとする。わたしは、もがいた。けど、ぶっとい恒一の体は、押しのけられない。首筋に荒い息を感じる。わたしの呼吸は、苦しくなってきた。

「……わかったから、乱暴にしないで……」

と言った。それを、どうとったのか、のしかかっていた恒一は、体を起こした。わたしに馬のりになったまま、上半身を起こした。わたしの上半身も、自由になった。そばにあったスリッパ。右手でつかむ。それで、恒一の顔を、ひっぱたいた。ゴキブリを叩《たた》くように、思いきり、ひっぱたいた。パシッという音。恒一は、ひるんだ。その横っ面《つら》。もう一発！　スリッパでひっぱたいた。

恒一の顔が、紅潮している。そこに、もう一発、スリッパを叩きつけようとした。けど、その手をつかまれた。がっしりと、つかまれた。恒一の眼が、怒りで細くなっている。両手で、わたしの右手首をひねった。手から、スリッパが落ちた。恒一が、右手を振り上げた。殴られる……。わたしは、両手で顔をガードした。

でも、恒一の手は、飛んでこなかった。何も起こらない……。わたしは、顔をガードした指の間から、おそるおそる見た。振り上げた恒一の右手。その手首を、誰かが後ろからつかんでいる。恒一は、手首をつかまれて、動きが止まった。

「いてて！」

と恒一の声。手首を、ひねられたらしい。わたしの体が楽になった。わたしに馬のりになっていた恒一は、床にひっくり返った。チョウが、そこにいた。デニムのシャツとジーンズの姿で、立っていた。床にひっくりかえった恒一は、あわてて立ち上がる。ふいにあらわれたチョウを見た。恒一は、顔を紅潮させたまま、

「てめ！」

と叫ぶ。チョウに殴りかかろうとした。その手を、チョウの腕がブロックした。チョウの腕が、素早く、ひるがえった。右手の甲が、恒一の顔面を打った。恒一は、よろけ、尻《しり》もちをついた。

15　父を、〈あの人〉と呼ぶとき

恒一が着ている工務店のジャンパーに、鼻血が流れ落ちていた。チョウは、油断なく身がまえている。何か格闘技をやっている人間のかまえ方だった。全身の力は抜けている。けれど、ひめられた瞬発力が感じられる。凄味《すごみ》がある。恒一は、尻《しり》もちをついたまま、じりじりと後ずさり……。あわてて立ち上がり、洗面所をとび出していった。廊下を走り去る。玄関を開ける音……。わたしは、ほっと息をついた。

「大丈夫。もう落ち着いたわ……」

わたしは、チョウに言った。微笑し、

「ありがとう」

と言った。チョウは、〈お礼なんて〉という表情。首を横に振った。

「桟橋にこないから、気になって、きてみたんです」

と言った。わたしは、うなずいた。恒一が逃げ出していって、もう20分近く過ぎている。

わたしとチョウは、リビングで、ビールを飲みはじめていた。1缶目を飲み終えたところで、わたしの気分は、かなり落ち着いた。幸い、航はこの騒動に気づいていないようだ。

ごく簡単に、チョウに説明する。あの男、恒一は、高校の同級生。いまは、工務店をやっている。この家の雨漏りを修理する相談にきた。

「それが、ねえ……」

わたしは、つぶやいた。恒一が、急に発情し、わたしに迫ってきた。そのことを、チョウに話した。チョウは、うなずきながら、話をきいている。

「あなたがきてくれて助かったわ」

わたしは言った。チョウは、また、照れたような表情を浮かべた。ビールのグラスに口をつける……。

「そういえば……カラテでもやってるの？」

わたしは、チョウに、きいた。さっき、恒一を追い払ったときの動き。手の甲で、恒一の顔面をはりとばした。あれは、よくカンフー映画などで見る技だった。そのあと、身がまえた。あそこにも、何か、格闘技をやっている人間の凄味のようなものが感じられた。

「カラテか何か、やってるんでしょう？」

わたしは、きいた。キッチンにいく。冷蔵庫から、新しいビールを2缶出してきた。そして、茹《ゆ》でてあった枝豆も出す。テーブルに運んだ。チョウのグラスに、ビールを注いだ。

ビール3缶目で、チョウは話しはじめた。子供の頃から、〈拳法《けんぽう》〉を習っていたという。それが、よく知られている少林寺拳法なのかどうかは、きかなかった。それは、どうでもいい。いわゆるカラテのたぐいを習っていたことは、わかった。

「中国人だからといって、バカにされたり、いじめられないために、道場に通っていました」

とチョウ。20歳《はたち》の頃には、有段者になっていたという。

「でも……それが、わざわいをもたらしたんです」

と言った。過ぎた日を思い返す目……。4缶目のビールを、ゆっくりと、グラスに注いだ。枝豆を、ゆっくりした動作で口に入れる。そうしながら、過去を思い出しているらしい。

やがて、天井からの雨漏りのように、ぽつっ、ぽつっと話しはじめた。

それは、21歳のとき。横浜の福富町《ふくとみちょう》。伊勢佐木町《いせざきちょう》に近い繁華街だ。友人と飲んで店を出たチョウは、通りで若い日本人のグループにからまれたという。すれちがいざまに体が当たったとか、そんなつまらないことで、口論になったらしい。

「相手も酔ってたし、ぼくたちも、けっこう飲んでました」

口論から、ケンカになった。チョウは、相手の1人を殴りとばした。相手は、思ったより激しくよろけ、ガードレールに上半身をぶつけた。道路に倒れ、動かなくなったという。

チョウたちは、救急車を呼び、相手を病院に運び込んだ。が、打ちどころが悪く、ろっ骨が3本折れていた。その一部は、肺に刺さっていた。

「全治5ヵ月の、いわゆる重傷でした」

とチョウ。相手は、ヤクザやチンピラではなく、コンビニでバイトをしているフリーターだった。おまけに、チョウが拳法の有段者であることも警察は調べ上げた。チョウの方は、示談でなんとかしようとした。けれど、相手が告訴してきた。相手が先に手を出したのだけど、過剰防衛による傷害で告訴をしてきたという。拳法の有段者だったのが、最後まで不利にはたらいた。結局、チョウは、傷害罪で書類送検されたという。

「それで？」

わたしは、きいた。チョウは、また、ゆっくりとビールのグラスを口に運んだ。噛《か》みしめるように、飲んだ。

「一番こたえたのが、身内からの非難でした……」

と言った。そして、

「ぼくの父親は、働き者だったけれど、保守的な人間でもありました」

と、つけ加えた。そんな父親とうまくいかず、父親の弟は、中国へ帰ってしまったという。保守的な父親は、チョウが書類送検されたことに怒り、チョウに、いわゆる勘当《かんどう》を言い渡したという。

「身内から、少し大げさに言えば犯罪者を出したことで、周囲の華僑《かきょう》社会に顔向けができないと考えたんでしょう。あの人らしいと言えば、そうなんですけど……」

とチョウ。父親を、〈あの人〉と呼んだ。そのことで、すべてがわかると感じられた。

「で……そのあとは……」

わたしは、できるだけ軽い口調できいた。チョウの過去をさぐるような印象にならないように気をつけた。彼にとっても、あまり話したくないことかもしれないから……。チョウは、淡々とした口調で話した。横浜の実家を出た。それから8年。いくつかの仕事を経験し、いま、釣り船の船頭をやっているという。

「もともと、釣りは好きだったんです。それに、釣り船の仕事には、面倒な人間関係もないし……」

チョウは言った。その口調は、さっぱりとしたものだった。過ぎたことは過ぎたこと、そう割り切って生きている、あるいは、割り切って生きようとしている、そんな雰囲気が感じられた。

「家を出て、8年……」

わたしは、つぶやいた。21歳で家を出たとすると、チョウはいま29歳。わたしとは、5歳ちがい……。ふと、そんな計算をしている自分に気づいた。

「……それにしても、雨漏りは困ったわ……」

わたしは言った。恒一はもう、わたしの前に姿をあらわすことがないだろう。当然だ。けれど、屋根の修理は、どうしよう……。いずれ、梅雨がくるし……。わたしは、そのことを考えはじめていた。そのとき、チョウが口を開いた。

「それ、どうにかなるかもしれません」

「……どうにか？……」

「ええ。ぼくは、釣り船の仕事をやる前、大工の見習いをやってました。金沢八景《かなざわはっけい》で」

「へえ……」

と、わたし。金沢八景は、葉山からわりと近い。クルマなら、20分ぐらいでいくだろう。

「その大工さんとは、いまも連絡をとっています。釣り船の仕事がいやになったら、いつでも戻ってこい。そう言ってくれています。その大工さんに相談してみます」

チョウは言ってくれた。


「あ、鯉《こい》のぼり……」

わたしは、思わず、つぶやいた。電車の外を流れていく風景を、目で追っていた。その日、わたしは航を連れて大船《おおふな》までいった。バスで逗子駅へ。逗子駅から、JRの横須賀《よこすか》線で、大船にいった。買い物をするためだ。

健次が死んで、1年と少し。何かと忙しく時間が過ぎた。自分の身のまわり、特に服は、あるものだけを着て過ごしていた。東京から持ってきた少ない荷物から、引っぱり出して着ていた。それにも限りがある。少しは、夏物も買おう。そう思って、出かけたのだ。

夏物の服を買う……。その気持ちの奥には、チョウの存在があることは、自分でも、わかっていた。彼と、毎日のように顔を合わせる。そのこともあって、自分の身づくろいが気になるのは、はっきりと自覚していた。けれど、彼に対して、どこまで男と女の感情があるのか……それは、いまは深く考えないことにしていた。時の流れにまかせよう……。

わたしは、そう思っていた。

大船には、ショッピング・ビルがある。そこで、Tシャツ、膝《ひざ》たけのパンツなどを買った。夏らしい色の口紅も、1本買った。

大船駅から、電車に乗る。帰りみち。北鎌倉の駅あたりから、風景が変わる。しっとりとしてくる。円覚寺《えんがくじ》や、紫陽花《あじさい》で有名な明月院《めいげついん》あたりの緑……。沿線には、大きな屋敷や鎌倉らしい落ち着いた家並みが続く……。そんな風景の中。鯉のぼりが見えたのだ。鮮やかな色の鯉のぼりが、初夏を思わせる風をうけて、泳いでいた。〈もう、そんな季節なんだ……〉。わたしは、胸の中で、つぶやいていた。いまは、4月の末。もうすぐ、5月。いわゆる端午《たんご》の節句がやってくる。

わたしは、思い出した。葉山の家には、鯉のぼりがあったはずだ。兄が生まれたとき、祖父の部下だった人が贈ってくれた鯉のぼりが、あったはずだ。祖父は、その部下の厚意を喜んで、鯉のぼりをかかげる柱を立てた。柱は、いまも、庭のすみに立っている。

東京で暮らしているときは、マンション生活だった。5月になっても、鯉のぼりをかかげることは考えなかった。けど、葉山には、確か、まだ鯉のぼりがあったはずだ。せっかくあるんだから、航の病が治るという願いをこめて、鯉のぼりを空に泳がせてやろう……。

家に帰った。押入れをさがす。鯉のぼりは、あった。たたまれて、桐のタンスに入っていた。とり出してみる。カビもはえていない。虫にも喰《く》われていない。わたしは、それを縁側に出してみた。鯉は3匹いた。まず、黒い鯉。これは確か〈真鯉〉という。家族でいえば、父親とかをあらわすらしい。つぎに、赤い鯉。これは〈緋鯉《ひごい》〉といい、母親をあらわすらしい。そして、青い〈子鯉〉。これは、文字通り、子供をあらわしているときいたことがある。

わたしは、鯉のぼりを、細いロープにセットする。柱のてっぺんで小さな滑車が回り、鯉のぼりは空中に上がっていく……。ほどよく、南西の風が吹いていた。その風をはらんで、鯉のぼりは、元気に泳ぎはじめた。

「ほら、鯉のぼり」

わたしは航に言った。上を指さした。航は、空を見上げる。そして、

「カカナ！」

と声を上げた。嬉《うれ》しそうに足ぶみし、

「カカナ！　カカナ！」

と叫んでいる。わたしは、ちょっと苦笑い。航にとって、鯉のぼりは、魚の一種らしい。確かに、鯉だから、魚にちがいはないのだけど……。とにかく、航が喜んで反応してくれるのは、いいことだ。鯉のぼりを指さしていた航が、

「うちのカカナ！」

と叫んだ。わたしは、ちょっと驚いた。航が〈うちのカカナ!〉と叫んだ。ただの〈カカナ!〉、〈カカナ! 釣れた!〉に加えて、しゃべる言葉がふえた……。また、一歩、前進したらしい。

「鯉のぼりですね……」

やってきたチョウが空を見上げて言った。今夜は、チョウが晩ご飯をつくってくれることになっていた。チョウがキッチンに入り、しばらくすると、いい匂いが漂ってきた。きょうは、とりあえず、点心をつくってくれるという。日本でも流行している〈飲茶《ヤムチャ》料理〉の一種らしい。わたしがキッチンにいくと、蒸し器から、いい匂いが漂っている。チョウは、干しシイタケや干しエビを使ったシュウマイをつくっているという。メモ用紙に、〈干蒸賣〉と書いた。やがて、

「できました」

とチョウ。蒸し器から出したシュウマイを、お皿に並べ、テーブルに置いた。日本人の感覚で言うと、かなり小ぶりなシュウマイだった。小皿に醬油《しょうゆ》を入れ、ラー油を少したらす。シュウマイにラー油醬油をちょっとつけ、口に入れた。エビやシイタケの香りが、入りまざって口にひろがる。全体にフワリと柔らかく、溶けるような舌ざわり……。

そこで、よく冷えたビールを口に運ぶ。最近では、近くの〈ユニオン〉で見つけた中国製の青島《チンタオ》ビールを冷蔵庫に入れてある。チョウは、中国ビールを見て、素直に嬉しそうな表情をしている。絶妙なシュウマイを食べながら、青島ビールを飲む……。幸せだと思える一瞬……。箸《はし》を使いながら、チョウが口を開いた。

「そう……中国でも、鯉は、縁起《えんぎ》がいい魚とされてるんです」

と言った。

16 鯉のぼりの下に、君がいる

「中国でも？……」

わたしは、ビールを口に運ぶ手を止め、きいた。

「ええ。中国の古い言い伝えにあります」

とチョウ。説明する。黄河《こうが》の急流に、竜門と呼ばれる滝があった。いろいろな魚が、その滝を登ろうとしたが、みな失敗した。ところが、鯉だけが滝を登りきり、竜になった。そんな故事があり、鯉は、幸運や立身出世のシンボルになったという。

「いまも、中国人にとって、鯉は縁起のいい魚なんです」

とチョウ。わたしは、うなずいた。確か、鯉を丸ごと使った料理もあったはずだ。そのことを思い出していた。

端午の節句がやってきた。その日、チョウは、中国のちまきをつくってくれた。タケノコ、シイタケなどが山ほど入ったちまきだ。匂いをかぎつけたのか、航が、自分の部屋から出てきた。午後の陽を浴びた縁側。航にちまきを食べさせる。航は、美味しそうに食べている。チョウがつくった、小さめのちまきを、3つも食べた。

「おいしかった？」

ときくと、うなずき、

「うまかった」

と言った。わたしは、また少し驚いていた。航が、〈うまかった〉という言葉を口にしたからだ。この1年間、口にしたことがない言葉だった。わたしは、そのことをチョウに言った。チョウは、うなずく。穏やかで、何かを考えているような顔つきで、小さくうなずいている……。そんなときのチョウは、29歳とは思えない、思慮深い表情を見せる。

端午の節句が終わって3日後。わたしは、鯉のぼりをおろそうとした。すると、航が、むきになって、

「カカナ！　ダメ！」

と叫んだ。鯉のぼりをおろしてはダメと主張しているらしい。航にとっては、空に泳い

でいる魚を見ているのが楽しみなようだ。その日の夕方。チョウがやってきた。わたしは、そのことを彼に説明した。すると、チョウも、

「鯉のぼりは、しばらく上げておきませんか？」

と言った。彼は説明する。釣り船で、海に出る。そして、午後3時頃、港に戻ってくる……。そのときは、必ず、うちの前を通り過ぎる。そして、海の上からも、うちの鯉のぼりが、よく見えるという。

「そのとき、なんか、ほっとするんです」

とチョウ。毎日、釣り客を乗せて海に出る。ときには海が荒れはじめ、大きな波を突っ切りながら帰ってくるときもある。ときには、魚が釣れなくて、辛《つら》く重い気分で帰ってくるときもある。そんなときでも、うちに近づき、泳いでる鯉のぼりを見ると、なんともいえず、やすらいだ気分になるという。

「あそこに、鯉のぼりの下の家にサキさんがいると思うと、気持ちが、幸せになります……」

少し照れた表情で言った。わたしには嬉《うれ》しい言葉だった。同時に、微妙な言葉でもあった。男から女への〈告白〉とも、とれる。ただの人間同士としての好意の言葉とも、とれる……。けれど、わたしは、あまり意識しないことにした。いまは、時の流れにまかせて

おこう……。そう思っていた。とりあえず、鯉のぼりは、そのまま、空に泳がせておくことにした。

チョウが、大工さんを連れてきた。以前、チョウが見習いをやっていたという、その大工さんを連れて、うちにやってきた。大工さん……そうきくと、どうしても、角刈りにしたオジサンを想像してしまう。

けれど、その想像は、みごとに裏切られた。チョウと一緒にうちにきたのは、まだ三十代と思える人だった。しかも、まるでサーファーだった。髪は、長く伸ばし、後ろで束ねている。髪の色は潮灼《しおや》けして、茶色だ。クイックシルバーのTシャツを着て、ショートパンツをはいている。陽灼けした足には、もちろんゴムゾウリ。彼は、名刺を出した。〈カーペンターズ湘南　宮内丈二《みやうちじようじ》〉と印刷されていた。カーペンターは、大工の意味だ。なるほど……と、わたしは思った。彼、宮内丈二は、チョウと同じぐらい陽灼けした顔から白い歯をのぞかせ、

「宮ちゃんでも、丈二でも、好きに呼んでくれる？」

と親しみのこもった口調で言った。さっそく、下見をはじめた。身軽に、屋根に登る。瓦《かわら》が割れてなくなっている所を見る。おりてくる。今度は、洗面所と風呂場《ふろば》の天井を見た。

その見方が、テキパキとしていた。

「どのぐらいで、修理できるかしら……」

わたしは、おそるおそる、きいた。

「どのぐらいって、時間？　経費？」

「あの……両方とも……」

「1日で、できるよ」

「1日？……」

「ああ。午前中に、屋根の修理。午後に天井の修理」

と彼。あの恒一の見積りだと、3日がかりになっていた。

「で……経費の方は……」

「そうだな……。チョウの頼みだから、実費でやらせてもらうよ。材料費込みで、5万かな」

「5万⁉」

わたしは、思わずきき返していた。恒一の見積りだと、30万近い金額になっていた。わたしが、そのことを正直に言うと、

「まあ、5万は材料費だけだけど、30万は、少し、ぼってるな……」

と言った。わたしは、うなずいた。

「で……いつ、修理にきてくれる？」

と、きいた。今週末には雨が降る予報が出ている。

「そうだな……。波が立たなきゃ、明日くるよ」

「波……」

わたしは、つぶやいた。彼の陽灼けした顔が、うなずいた。やっぱり、彼は、バリバリのサーファーらしい。それはそれで仕方ない……。


翌日。波も、うねりも立たなかった。午前8時半。うちの前で、野太いエンジン音がして、とまった。門をあけて出てみる。トヨタのピックアップ・トラックが、門の前に駐《と》まっていた。運転席から、丈二がおりてきた。助手席から、二十代のまん中と思える若い男がおりてきた。どうやら、丈二の助手らしい。その若い彼も、外見はまるでサーファーだった。Tシャツにショートパンツ。髪は、茶色く潮灼けしている。

「こいつ、ヤスオ、ヤスでいいよ」

と丈二。2人は、ピックアップの荷台から、瓦や材木をおろしはじめた。まるで、サーフボードのかわりに、修理の材料を積んできた、そんな感じだった。サーファー風のルックスにもかかわらず、2人はテキパキと仕事をはじめた。身軽に屋根に上がり、修理をしていく。素人《しろうと》目に見ても、手ぎわがよかった。

「はい、屋根は終了」

丈二が言った。正午少し前だった。彼らは、縁側に腰かける。昼ご飯を食べはじめた。コンビニで買ってきたらしいサンドイッチを食べはじめた。きょうは、かなり気温が上がっている。わたしは、アイスティーをつくる。縁側に持っていく。丈二と助手のヤスオは、何か笑顔で話している。ヤスオが、

「そうだったんっすか」

と言う。丈二が、

「間違いないよ。チョウも男だったわけだ」

と言った。わたしは、アイスティーを縁側に置いた。

「楽しそうね」

「いや。いま、チョウのことを話してたんだ」

と丈二。

「チョウのこと？」

と、わたし。丈二は、うなずく。

「ほら、チョウのやつ、横浜の家を出て、何年も一人暮らしをしてきただろう？　だから、我《が》の強いところもあってね……。そのチョウが、〈おり入って頼みたいことがある〉って言ってきたわけさ」

「……それって、うちの修理？……」

「そういうこと。チョウが頼みごとをしてくることなんて珍しいなと思ってたんだけどね……。あんたを見たら、そのわけがわかったよ」

「……わたしを？……」

思わず、きき返していた。

「あれは、いつだったかな……。ある屋敷に仕事にいったんだよ。西鎌倉にある大きな家で、ベランダの造りかえをしたいっていうんで、おれとチョウがいったんだ」

丈二は、話しはじめた。

「むこうからの注文もいろいろあってね……。けっこうやっかいな仕事で、1週間ぐらいかかったかな……。おれとチョウは、毎日、その屋敷にいったよ。その家には、女子大生のお嬢がいてさ……そのお嬢が、なんと、チョウに惚《ほ》れちゃってね」

「……へえ……」

「女子大生のお嬢にしてみたら、たくましく働く男が珍しかったのかもしれない。チョウは、ほら、背も高いし、男っぽいところもあるし……。とにかく、そのお嬢は、やつに一目惚れしちゃったわけだ」

と丈二。わたしは、〈それで？〉と、思わず身をのり出した。

「そのお嬢は、かなり美人だったんだ。タレントにでもしたいぐらいのルックスだったな……。それが、チョウにべた惚れでさ……。おれも、どうなるのかと思ってたんだ……」

「で……どうなったの？……」

「それが、どうにもならなかったんだよ」

「どうにも？……」

「ああ……。チョウのやつ、そのお嬢のアプローチに、まるで反応しなくてさ、シカトしてんの。そのときは、もったいないと思ったなあ……。相手は美人だったし」

と丈二。サンドイッチをかじる。わたしがつくったアイスティーを飲んだ。サンドイッチを、食べ終わる。アイスティーの入ったコップを手にして、

「あのときは、その美人お嬢にチョウが反応しないんで、確かに不思議だったよ。でも、ここへきて、あんたを見たら、その理由が、わかったな……」

と、つぶやくように言った。

17　バラの花より、矢車草

彼、丈二は、しばらく無言でいた。やがて、ゆっくりと話しはじめた。

「……そのお嬢は、確かに美人だったけど、派手な美人と言えた。まあ、たとえれば、真紅のバラの花って感じかな……」

と言った。

「で……あんたは、たとえれば、あの花さ」

と彼。庭を指さして、ニコリとした。いま、庭の片すみには、矢車草が花をつけていた。まっ青な矢車草が、いっせいに咲いていた。矢車草は、昔は、花屋で売られていたものだ。最近では、花屋で売られているのをあまり見ない。けれど、うちの庭には、自生していた。毎年、この季節になると、花を咲かせる。

「……わたしが、矢車草?……」

きき返した。彼は、うなずいた。

「ぱっと見の派手さはないが、よく見れば、きれいで、心に残る……まあ、そんなところだ。たぶん、チョウのやつは、派手なバラより、矢車草みたいなあんたに惹《ひ》かれたんじゃないかな……」

と言った。わたしは、自分の頬が赤くなるのを感じていた。どうにも、答えようがない……。

「丈二さん、しゃれたこと言いますね」

と、となりにいたヤスオ。

「少しは見直したか」

と丈二。２人の笑い声が響いた。わたしは、頬を赤くしたままでいた。柔らかい南からの微風が、庭を渡っていく。その風に、深い青をした矢車草の花たちが、気持ちよさそうに揺れている……。

相模湾では、イサキが釣れはじめた。あちこちの釣り船屋が、イサキ釣りの船を出しはじめた。この魚が釣れはじめると、もう夏は近い。わたしたちは、あい変わらず、夕方になると、桟橋でサビキ釣りをした。よく釣れるのは、シコイワシ。ときどき、ジンダ、つまり5、6センチの豆アジが釣れた。航は、自分で、サビキの仕掛けをセットするようになった。もう、〈カカナ！〉ではなく、シコイワシが釣れれば〈シコ！〉と言う。豆アジが釣れれば、〈ジンダ！〉と叫ぶようになった。シコイワシは、手開きにして刺身。ジンダは、カラ揚げにした。冷えたビールが、本格的に美味《おい》しい季節になってきていた。


「あれ、水が、あったかい……」

わたしは、思わず、つぶやいていた。午後3時半。桟橋。わたしたちは、釣りをしていた。チョウ、わたし、そして航だ。桟橋には、ほかにも2、3人の釣り人がいた。サビキ釣りをはじめて15分。航が、4匹ほどのシコイワシを釣った。わたしは、イワシを1匹ずつ、ハリからはずす。海水をくんだポリバケツに入れた。手の指に、イワシのウロコがついていた。

わたしは、ポリバケツの海水に手を突っ込む。手を洗った。そのとき、気づいた。海水が、温かい。春先の水温とは、まるで違う。もう、夏を感じさせる水温だった。わたしは、となりで釣り竿《ざお》を握っているチョウに言った。

「水が、あったかくなってきたね」

「今年は、もう、相模湾に黒潮の分流が入ってきてます。シイラも釣れはじめてるみたいです」

チョウは、うなずきながら言った。シイラは、黒潮にのって、南の海からやってくる魚だ。相模湾では、夏の魚とされている。

「もうそろそろ、水泳の練習、できるかもね……」

「そうですか」

とチョウ。嬉《うれ》しそうな顔をした。

「でも……ワタル君は、釣りがしたいんじゃないですか？」

「まあ、話してみるわよ。毎日ってわけじゃなきゃ、大丈夫だと思うけど……」

「〈ゆうなぎ〉のおじさんに、ひやかされた？」

わたしは、思わず、きき返していた。その日の夕方。6時。もう、陽は沈みかけている。うちの縁側。シコイワシの刺身をおつまみにして、わたしとチョウは、青島ビールを飲んでいた。ビールを飲みながら、チョウが話した。釣り船〈ゆうなぎ丸〉のおじさんに、ひやかされた。〈この頃、サキと仲がいいな〉と、冗談半分にひやかされたという。そりゃ、ありえるだろう。わたしとチョウは、しょっちゅう港の桟橋で釣りをしている。その桟橋は、港のどこからでも見えるのだから……。

「わたしは、そんなこと、気にしないわ」

と言った。人の目なんか、気にしない。それは、生まれつきの性格だった。わたしがそう言うと、チョウは、ちょっと苦笑い。

「サキさんらしいですね。でも……つまらない誤解をされるのは、あまり気持ちがよくないです。そう思いませんか？」

「まあ……」

わたしは、つぶやく。このとき思ったのは、こうだ。チョウとのことが、たとえ噂になったとしても、わたしは、かまわない。気にしない。十代の頃に使ってた言葉でいえば〈そんなのシカト〉だ。けど、わたしと噂になることで、チョウの仕事がやりづらくなったりしたら困る。彼が、周囲から嫌味《いやみ》を言われるようになったりしたら、まずいなあ……。わたしは、そう思った。しばらく考える……。

「そうだ」

わたしは、口を開いた。

「じゃ、水泳の練習は、大浜《おおはま》でやろう」

と言った。大浜は、一色海岸のとなりにあるビーチだ。一色海岸は、海水浴場として有名だ。夏は、海の家が建ち並ぶ。それ以外の季節でも、投げ釣りをしたり、砂浜を散歩している地元の人がいる。けど、その先にある大浜は、かなり違う。一年中、ほとんどひと気《け》がない。たまに、シーカヤックをやる人がいるぐらいのものだ。この漁港の人間など、まず来るビーチじゃない。あそこなら、チョウに水泳を教えるのに、ちょうどいい。それを言うと、チョウも、うなずいた。ゆっくりと、ビールを飲みながら、何か考えている。

そして、

「じゃ、ぼくは、釣り船の片づけを終えたら、伝馬船《てんません》で大浜にいきます」

と言った。

「それなら、誰にも見られることがないでしょう」

とチョウ。わたしは、うなずいた。どこの釣り船屋も、小さな伝馬船を持っている。釣り客を乗せる大型の釣り船とは別に、小さな船外機をつけた小型の伝馬船を持っている。

チョウの〈明神丸〉にも、確か、小さな伝馬船があった。釣り客があまりこない冬のシーズンなどは、その伝馬船を使って、ワカメの養殖などをやっている。

「伝馬でくるのは、いいかも……」

わたしは、つぶやいた。そうして大浜でおち合えば、港の人たちに見られることも、ほとんどない。そう思えた。わたしがそう言うと、チョウは微笑した。

「……でも……ワタル君は、釣りをしたいんじゃないですか？」

と言った。それは、そうかもしれない。

「まあ……本人に話してみるわ」

わたしは言った。このところ、航は、わたしとの会話に、少しは反応するようになってきている。言葉で返事しないまでも、うなずいたり、首を横に振ったりすることは多い。

縁側で、ゆっくりとビールを飲みながら、わたしは考えていた。見上げれば、たそがれ近い空に、鯉のぼりが泳いでいた。それを眺めながら、わたしは、ぼんやりと考えていた……。そして10分ぐらい……。

「そうだ……」

と、つぶやいた。チョウが、わたしを見た。わたしは、空に泳いでいる鯉のぼりを指さして、

「あれを、連絡用に使おう」

と言った。海の上では、いろいろな旗を合図やメッセージのために使う。たとえば、漁師が潜ってサザエなどを獲《と》っているときは、〈A旗〉という旗をかかげている。〈A旗〉は、青と白のツートンカラー。これが上げてあったら、〈ここで潜水中〉のしるしになる。そんなことから、わたしは思いついた。

「鯉のぼりを、連絡に？」

とチョウ。わたしは、うなずいた。チョウが釣り船の舵《かじ》を握って帰ってくるとき、必ず、うちの前を通る。そして、うちの鯉のぼりを見るという。

「だから、鯉のぼりの順番を変えて、合図するわ」

わたしは言った。鯉のぼりの順番を入れかえるのは簡単だ。たとえば、赤い〈緋鯉《ひごい》〉が一番上にかかげてあったら、〈大浜で待っている〉。いつも通り、黒の〈真鯉〉が一番上なら、〈航がサビキ釣りをやりたがっているから、港の桟橋で……〉。

「もし、どっちも都合が悪いときは、青の〈子鯉〉を、一番上にあげておくわ」

わたしは言った。たとえば、航の体調が悪い。いまは梅雨なので、雨もよう……。そんな場合は、青の鯉を一番上にあげておく。

「そのときは、うちに、晩ご飯を食べにきて」

わたしは言った。チョウは、笑顔でうなずいた。

「それ、グッド・アイデアです」

「ウェットスーツ?」

と知子。わたしに、きき返した。翌日。昼過ぎ。知子の釣り具屋。わたしは、知子に、〈古いウェットスーツない?〉と、きいた。知子は、もう10年以上、ウインドサーフィンをやっている。ウェットスーツも、たくさん持っている。もう使っていないのも、あるはずだ。それに、わたしと知子は、体格がほとんど同じだった。

「使ってないウェットあったら、貸して」

わたしは言った。知子は、釣り具の整理をしていた手を止める。

「あんた……まさか、密漁やろうってんじゃ……」

「ちがうったら」

と、わたし。説明する。チョウに、水泳を教える。そのとき、ウェットスーツが欲しいと説明する。水泳を教わる方は、一生懸命だからともかく、教えるわたしには、海水が冷たいかもしれない。そこで、ウェットスーツがあれば助かる。わたしは、知子に話した。話をききながら、知子はニヤニヤしはじめる。

「〈明神丸〉のチョウ君ねえ……。背も高いし、なかなかいけるよね……」

と言った。わたしは、知らん顔。知子がそう言ってくるのは、当然わかっていた。

「まあ……あんたも、いま独身なんだから、いいんだけどね……」

「そういうこと。で、ウェットは？」

「わかったわかった。ちょっと見てくる」

知子は、奥に入っていった。5分ほどで戻ってきた。ウェットスーツを1着持っている。

「これならいいよ。もう使ってないから」

と言った。見る。下は、膝上《ひざうえ》のたけ。上半身は長袖《ながそで》。それなら、いまのシーズン、海に入るのによさそうだった。

「サンキュー。借りるね」

「チョウ君に、よろしく」

「了解」

わたしは笑いながら言った。知子の店を出ていく。

18　キスは、釣るもの

ひさしぶりに、水着を身につけた。

スイミング・スクールでインストラクターをやっていた頃の水着。当然、競泳用の水着だ。それを身につける。その上に、知子から借りたウェットスーツを着た。わたしは、二十代の頃と比べて、痩《や》せてもいないし、太ってもいない。ウェットスーツは、ぴったりと体に合った。

庭に出る。午後の陽射しが、まぶしい。快晴。気温も高い。シーズンでいえば、いまは梅雨だ。けれど、雨の日は意外に少ない。長期の天気予報でも、そう言っていた。わたしは、空に泳がせている鯉のぼりを、一度、おろした。そして、順番を入れかえた。

赤い〈緋鯉《ひごい》〉を、一番上にかかげる。それは、〈大浜で待っている〉という合図《サイン》だ。ほかの人が見ても、まるで気づかないだろう。わたしとチョウだけにわかるサインだ。

鯉のぼりを上げ終わる。わたしは、航に声をかけた。

「海にいくよ」

と言った。航は、ちょっと不思議そうな表情。

「きょう、カカナ釣りは？」

わたしは言った。航は、あい変わらず、きょとんとしている。それでも、立ち上がった。

「カカナ釣りはなし。海で遊ぶの」

航を連れて家を出た。歩いて大浜に向かう。わたしは、ウェットスーツ姿だ。そんなかっこうでも、不自然には見えない。それが、海岸町のいいところだ。午後の海岸道路。わたしと航の影が濃い。陽射しが、真夏のように強いからだ。

海岸道路を、しばらくいく。葉山御用邸わきの小道に入る。木立ちに囲まれた小道の先に、海が見えた。一色海岸だ。砂浜に出る。平日だけれど、何人かの姿が見えた。砂浜から投げ釣りをしている人。犬を散歩させている人。ジョギングしている人……。弓形の長い砂浜に、何人かの姿が見えた。

わたしたちは、さらに歩く。一色海岸の端から、ちょっとした斜面を上がる。小さな橋を渡る。すると、ひと気のない入江に出た。地元では大浜と呼んでいるビーチだ。一色海岸に比べると、人は少ない。いまは、シーカヤックで海に出ていこうとしている人が1人いるだけだ。それは気にしない。シーカヤックなどをしている人は、たとえ地元であっても、漁港の人々とは人種がちがう。つき合いもない。

わたしは、持ってきたトートバッグからビーチシートを出す。砂浜にひろげた。そこに航を座らせた。シーカヤックの人は、砂浜から海に漕《こ》ぎ出していく。かなりのスピードで、沖に出ていく。わたしは、航と並んでビーチシートに腰かけた。

待つまでもなかった。かすかな音……。ミツバチの羽音のような小さな音……。しだいに近づいてくる。やがて、船外機のエンジン音だとわかる。入江の端にある小高い磯を廻《まわ》り込んで、伝馬船が走ってくるのが見えた。2、3人乗りの小さな伝馬船。船外機を操作しているチョウの姿が見えた。

わたしの姿を見つけたらしく、船の上で左手を振っている。わたしも、立ち上がり、右手を振った。伝馬船は、かなりのスピードで近づいてくる。波打ちぎわにくると、スピードを落とした。ゆっくりと、船首から砂浜にのり上げた。止まった伝馬船から、チョウがとびおりた。陽灼《ひや》けした顔から、白い歯を見せた。

「もっと力を抜いて」

わたしは、チョウに声をかけた。波打ちぎわから10メートルぐらい先。腰ぐらいまでの深さのところで、わたしたちは、水泳の練習をはじめていた。泳げない人には、まず、浮くことを覚えさせるのがいい。とりあえず、人間は浮くものだと実感させる。そうすれば、水に対する恐怖心が消え、泳ぐための第一歩になる。わたしは、そう思っていた。

しかも、海水だと、人間の体は浮きやすい。プールより楽に人間は浮いていられるのだ。

腰ぐらいの深さで、わたしはチョウに、浮くことを覚えさせようとしていた。とりあえず、仰向けに、ラッコのように浮くことを覚えさせようとしていた。彼の頭を、軽く下からささえる。そして、仰向けに浮かせようとしてみた。

けれど、最初はうまくいかない。やはり体に力が入ってしまうのだ。体に力が入ると、ダメだ。完全にリラックスしていれば、人の体は海に浮く。顔だけを、海面に出していられるのに……。最初からうまくいかないのは、わかっていた。やはり体に力が入り、チョウは、沈んでしまう。あわてて、立ち上がる。ときには、沈んで、少し水を飲んでしまう。

「もっと、完全に力を抜いて」

と、わたしは言った。チョウは、うなずく。また、仰向けに浮かんでみようとする。けれど、力が抜けきれていない。沈んでしまう。あわてて、砂地に足をつく。それを、くり返した。

「まあ、初日だから、しょうがないわね」

水泳の練習を終える。たそがれの陽を浴びながら、家に帰る。わたしと航は歩いて家に帰る。チョウは、伝馬船で、一度港に帰る。着がえてうちにくるという。きょうは、アジ釣りの乗り合いで海に出たらしい。お客に釣らせながら、自分でも釣ったという。

「5、6匹あります。あとで持っていきます」


家に帰る。わたしは、ウェットスーツなどを脱ぎ、シャワーを浴びた。乾いたTシャツを着る。庭で、使ったウェットスーツに真水をかけていると、チョウがやってきた。片手に、ビニール袋をさげている。見れば、大きめのアジが6匹いた。2匹は刺身にして、残る4匹は、アジフライにすることにした。30分後。わたしは、油を加熱していた。油の温度が充分に上がったところで、衣《ころも》をつけたアジを入れた。香ばしい音がした。一度、油の中に入ったアジは、すぐ油の表面に浮いてきた。その浮いてフライになりつつあるアジを、わたしは指さした。そして、チョウに、

「ほら、うまく浮いてるでしょう」

と言った。チョウは、ちょっと苦笑い。頭をかきながら、

「でも、アジは、お魚ですから」

と言った。わたしは、吹き出した。そう言ったチョウ自身も吹き出す。わたしたちの笑い声が、キッチンに響いた。たとえ年下であっても、男の人と笑い合うなんて、ひさしぶりだった。

学生時代のことだった。体育大学にしては珍しく本好きのクラスメイトがいた。彼女が、あるとき1冊の文庫本を貸してくれた。フランソワーズ・サガンの小説だった。パリの上流階級をモチーフにした恋愛小説だった。ストーリーは、こうだ。

金持ちのマダムが、お金にものをいわせてハンサムな青年を愛人にしている。そして、あるパーティーのこと。青年が、若い美人と話し、笑い合っている。それを見た金持ちマダムは、嫉妬《しっと》する。笑い合ってる若いふたりに嫉妬する。〈彼は、私とベッドをともにすることはあっても、ああして笑い合うことはない〉と。

そして、〈ああして笑い合う姿を見せられるなら、キスでもしてくれた方が、よほどましなのに〉と、マダムは思う。

このシーンは、かなり印象的だった。男と女が笑い合うことは、ときに、ベッドをともにするより近い距離……。そう表現している、このシーンは、いまもよく覚えている。

チョウと、キッチンで笑い合いながら、わたしは、そのことをふと思い出していた。わたしたちの距離も、しだいに近づいてきているのだろうか……。

翌日。昼間から、航が〈カカナ釣り！〉と言いはる。何回も、〈カカナ釣り！〉、〈カカナ釣り！〉と、わたしに向かってくり返す。サビキ釣りにいきたいと主張している。しょうがない。きのうは、水泳の練習。釣りはやっていない。きょうは、航に釣りをやらせてやろう……。わたしは、そう決めた。庭に出る。鯉のぼりを、一度おろした。鯉のぼりの順番を入れかえる。一番上に、黒の〈真鯉〉、つぎに赤の〈緋鯉〉、その下に青の〈子鯉〉。以前の順番に戻した。

これは、〈航がサビキ釣りをやりたがっているから、港の桟橋で……〉という合図《サイン》だ。わたしは、順番を変えた鯉のぼりを、するすると空に上げた。沖での釣りから帰ってきたチョウは、うちの前で、このサインを見るだろう……。

午後4時頃。航を連れて、港の桟橋にいった。チョウは、もう、サビキ釣りをやっていた。わたしは説明する。航が、きょうは釣りをやりたいと主張したことを説明した。チョウは、微笑し、うなずいた。

「でも……まだ、魚の群れ、廻ってきませんね……」

と言った。確かに。チョウの足もとに置かれたポリバケツには、海水だけが入っている。

イワシやジンダは、1匹も泳いでいない。それでも、航は、自分でサビキ仕掛けの準備をはじめた。けれど……、

「やっぱり、いまいちね……」

わたしは言った。サビキ釣りをはじめて1時間以上たった。ぽつりぽつりと、シコイワシが釣れる。けれど、ぽつりぽつり……。一度に何匹もサビキにかかったりしない。

「イワシの群れ、小さいですね」

チョウが言った。確かに、そうらしい。イワシの群れが小さい。しかも、その群れも、ときどきしか廻ってこない感じだった。釣り竿《ざお》がピクピクと動かない時間が多い。

それは、仕方がないことだ。イワシやジンダの群れは、回遊している。だから、あまり港の中に入ってこない日もある……。そういうものだ。航は、それでも、釣り竿を持って、じっと待っている。わたしは、あたりを見回した。桟橋の近く。チョウが舵《かじ》を握っている〈明神丸〉が舫《もや》われている。その近くに、小さな伝馬船もある。それを見ていたわたしは、

「そうだ……」

と、つぶやいた。小声でチョウに声をかける。相談をはじめた。

つぎの日。午後。航が〈カカナ釣り!〉と言いはじめる前に、わたしは言った。

「きょうは、もっと大きいカカナを釣ろう」

「大きいカカナ？」

と航。わたしは、うなずいた。庭に出る。鯉のぼりの順番を、また入れかえた。赤い〈緋鯉〉を、一番上にする。〈大浜で待っている〉のサインだ。午後3時。航と家を出る。歩いて、知子の店にいった。知子は、ウインドサーフィンの雑誌をめくっていた。わたしが持っている釣り竿を見ると、

「キス釣り？」

と、きいた。わたしは、うなずいた。

「チョウ君と？」

「そっ」

「やっぱりか」

「そっ」

わたしは、白ギス釣りの仕掛けを選びはじめた。このあたりでは、キス釣りは、すごくポピュラーな釣りだ。仕掛けも、いろいろなものが並んでいる。〈ひかり玉つきキス7号〉〈阿部式キス競技用8号〉……。

「チョウ君とは、どこまでいった」

店を出た。
用〉の7号にした。テンビン、オモリ、そして、エサのジャリメなどを用意する。知子の
知子のさぐりには、シカト。わたしは、白ギス釣りの仕掛けを選ぶ。〈阿部式キス競技
「キスは釣るものよ、フフンだ」
「さあね」
「キスぐらいまではいったか」

大浜。遠くから、エンジン音。チョウの伝馬船が見えてきた。砂浜に敷いたビーチシートの上。わたしは、自分の手首からダイバーズ・ウォッチをはずす。航に渡す。

「いい。これから30分は、おにいさんと水泳の練習。そのあと、大きなカカナを釣るの。わかった？」

と航に言った。航は、うなずいた。わたしの言うことに、かなりちゃんと反応するようになってきていた。チョウが、伝馬船の船首を砂浜にのり上げた。軽い身のこなしで伝馬船から飛びおりた。わたしたちは、また、水泳の練習をはじめた。そして、約30分……。

「じゃ、きょうの練習は終わり」

わたしは言った。水に浮く練習。それを、くり返した。初めてのときよりは、進歩して

いた。仰向けに浮くようになるまで、それほどの時間はかからないだろう。わたしとチョウは、海から上がった。チョウは、自分で持ってきた小さなタオルで上半身を拭《ふ》きはじめた。わたしは、トートバッグから、バスタオルを出した。

「ちゃんと拭かないと、風邪をひくわよ」

と言った。タオルで、チョウの背中を拭いてやる。ていねいに拭いてやる……。そうしているとき、ふと、心臓の鼓動が速くなるのを感じていた。

19 高校生のように、笑い合った

チョウの背中を、わたしは、じっと見つめていた。

彼は、サーファーパンツをはいていた。引き締《し》まったウエスト。そして、広い背中。その背中を拭《ふ》いてあげながら、〈ああ、男の人の背中だなあ……〉と、胸の中でつぶやいていた。ぜい肉がまったくない。広い肩幅。こりっとした肩胛骨《けんこうこつ》。すべすべした背筋……。それを見ていると、心臓の鼓動が少し速くなる……。

一瞬、〈まずいなあ……〉と思った。けど、すぐに思いなおす。〈わたしは、ガキじゃない。もう、いっちょまえの大人の女なんだ。男の裸の背中に、少しぐらいときめいたって、いいじゃないか。問題ないよ〉と、胸の中でつぶやいた。また、チョウの背中を拭く手を動かす。てきぱきと、濡《ぬ》れた背中をバスタオルで拭いてあげる。

「オーケーよ。じゃ、釣りをやろう」

15分後。わたしたちは、海の上にいた。

伝馬船に、航も乗せる。ほんの少し、波打ちぎわから沖の方に出た。チョウが、小さな錨《アンカー》を海に投げ入れた。ステンレスの小さなアンカーだ。細いアンカーロープが、するすると出ていく。すぐに、ロープは、たるんだ。水深は、6、7メートルだろう。チョウが、アンカーロープを、船首に結びつけた。いま、風も波も、ほとんどない。けれど、いちおうアンカーを打っておけば、船は潮にも流されないだろう。わたしたちは、釣りの準備をはじめた。

釣り竿《ざお》は、短めの和竿。昔、祖父が使っていたものだ。竿先が敏感なキス釣り用の竿だ。小さなリールがついている。そこに、テンビン、オモリ、そして〈競技用7号〉の仕掛けをセットする。プラスチックの容器に入っているエサのジャリメを2匹とり出す。

仕掛けは、2本バリ。そのハリに、ジャリメを刺してつける。ここで、ていねいにエサをつけないと釣れない。わたしは、ボロ布を使って、きちんとエサをつけた。

準備オーケー。わたしは、仕掛けを海に入れた。軽く投げて、仕掛けを放り込んだ。釣り糸は、しばらく出ていき、すぐにたるんだ。仕掛けが砂地に着いた。わたしは、ゆっくりとリールを巻く。釣り糸がピンと張り、釣り竿の先が少し曲がった。その釣り竿を、航に持たせた。待つ……。３分、４分……。やがて、竿先が、ツッと１回動いた。航が竿をしゃくり上げようとした。

「待って！」

と、わたし。魚は、まだ、エサをのみ込んでいない。ジャリメの先っぽをかじっているだけだ。糸を張ったまま、待つ。すぐ、はっきりした当たり。竿先が、ツツッと動いた。魚が、エサとハリをのみ込んだ。

「合わせて！」

わたしは言った。航が竿を立てる。かかったらしい。竿先が細かく動いている。航がリールを巻きはじめた。仕掛けが上がってくる……。そして魚が海面に姿を見せた。白ギスだった。20センチぐらい。まずまずの大きさだ。真珠色の魚体が、遅い午後の陽射しをうけて輝いている。航は、眼を見開いている。海の魚の、鋭く小気味いい引きが、竿から手に伝わったんだろう。イワシや豆アジとは比べものにならない魚の引き……。航は、眼を見開いて、白ギスを見ている。わたしは、キスをハリからはずす。航が、じっと魚を見ている。

「白ギスよ」

「白ギス？」

と航。〈カカナ〉ではなくちゃんと〈白ギス〉という言葉を口にした。また少し前進したようだ。

その日、わたしは、釣った白ギスを、持ってきた小さなクーラーボックスに入れた。その日、1時間ちょっとの釣りで、8匹の白ギスが釣れた。誰も釣りをしていない所なので、魚影が濃いのかもしれない。わたしは、帰りに、タラの芽、ナスなどを買った。キスと一緒に天ぷらにした。揚げたての天ぷらで、チョウとビールを飲んだ。

その日の夜中から、雨が降りはじめた。前線が通過したらしい。気温も急に下がった。

昼頃になっても航が起きない。なんとなく、だるそうにしている。額《ひたい》に手を当てると、少し熱っぽい。どうやら、寝冷えをして風邪をひいたらしい。わたしは、庭に出る。もう雨は上がった空。泳いでいる鯉のぼりをおろした。順番を入れかえる。青の〈子鯉〉を一番上にかかげた。〈港にも大浜にもいけない。家に晩ご飯を食べにきて〉のサインだ。

「どうしました?」

とチョウ。うちにくるなり、きいた。わたしは説明する。どうも、航が寝冷えをして風邪をひいたらしい。そのことを話した。きいたチョウは、

「それはいけません。ぼくが、風邪にいいスープをつくります」

と言った。キッチンに入った。まず、干しシイタケを、かなりの量、水に入れ、もどしはじめた。冷蔵庫にあった鶏《とり》の手羽先を鍋《なべ》に入れ煮はじめた。ショウガを、かなりの量、鍋に入れる。長ネギも、切って入れた。醬油《しょうゆ》や、わたしの知らない香辛料を何種類か入れた。しばらくすると、いい香りが立ちのぼりはじめた。スープの具は、シイタケと鶏の手羽先だった。それを、コトコトと煮込んでいく……。わたしが、

「いい匂い……」

と言うと、チョウは微笑した。メモ用紙に〈冬菇湯《トンクタン》〉と書いた。

「トンクというのは、シイタケです。これは基本的にシイタケのスープなんですが、ショウガをたくさん使えば、一種の薬膳《やくぜん》料理になります」

と言った。薬膳料理……。わたしは、うなずいた。中国の言葉に、医食同源などというのがあることも思い出していた。1時間ぐらいで、スープはでき上がった。コトコトと煮込まれた手羽先は、かなり柔らかくなっている。チョウは、手羽先の身を、骨からはがす。航が食べやすいように、という心づかいだろう。小ぶりな丼に、スープ、鶏肉、シイタケを入れる。わたしは、それを、航の部屋に持っていった。寝ていた航を起こす。卓袱台《ちゃぶだい》に置いたスープ。その前に座らせる。

「チョウがつくってくれたスープよ」

わたしは言った。航が、チョウのことを認識しはじめているらしい。それは、なんとなく感じるようになっていた。まあ、うっすらと、だろうけど……。香辛料の匂いにさそわれてか、航はスプーンを使ってスープを飲みはじめた。わたしは、ひと安心。航の部屋を出る。キッチンにいく。何かつくっているチョウに言った。

「航が、スープ飲んでるわ」

「よかったです。あのスープは、体が温まるし、栄養もあります。へたな風邪薬より効《き》くと思います」

チョウが言った。そして、手を動かしている。解凍したエビを、炒《いた》めはじめた。やがて、エビに火が通ったらしい。チョウは、それを大きめの皿にとった。そのときだった。航が、姿を見せた。パジャマ姿のまま、キッチンの入口に立っている。そして、

「チョウ、ありがとう」

と言った。

わたしは、とにかく、驚いていた。自分の耳をうたがう、という言葉がある。たとえれば、そんな感じだった。気がつくと、航の姿は、ない。自分の部屋に戻っていったらしい。わたしとチョウは、顔を見合わせた。

「ぼくの名前を、ちゃんと呼んでくれました……」

チョウは、つぶやいた。わたしたちは、しばらく、顔を見合わせていた。いまの航の言葉……。それは、普通の子供の言葉と口調に近いものだった。わたしとチョウは、びっくりしたまま、しばらく顔を見合わせていた。やがて、われに返る……。

「ちょっと、ビールで乾杯したい気分」

わたしは言った。そばにある冷蔵庫を開けた。わたしたちは、それぞれ缶ビールをとり出した。そのとき、やはり気持ちが動揺していたのか、チョウは缶ビールを床に落とした。

そのまま、ひろい上げた缶ビールのプルトップを開けた。プシュッと鋭い音。ビールが、思いきり吹き出した。吹き出した白い泡が、チョウの顔を直撃した。彼は、何か小さく叫んだ。けれど、顔はもう、ビールの泡だらけだった。

やがて、顔にビールの泡をつけたまま、チョウはプッと吹き出した。わたしも、つられて吹き出す。わたしたちは、思い切り笑い合っていた。まるで高校生同士のように、無邪気に笑い合っていた……。

雨の少ない梅雨が過ぎていく。3、4日に1回ぐらい、小雨が降った。わたしたちは、大浜で、水泳の練習やキス釣りをした。チョウは、水に浮くことができるようになってい た。航は、かなりいろいろな言葉を口にするようになった。たとえば雨が降りそうな日、わたしは、青い〈子鯉〉を一番上に上げるサインを出した。〈水泳の練習や釣りはなし。うちに晩ご飯を食べにきて〉のサインだ。

そして、そのサインにも、2パターンつくった。

一番上に、青の〈子鯉〉。その下に、赤の〈緋鯉〉をかかげる。これは、〈今夜の晩ご飯は、わたしがつくる〉のサイン。

そして、青の下に黒い〈真鯉〉をかかげると、〈今夜の晩ご飯は、あなたがつくってくれる?〉のサインだ。

チョウは、うちで晩ご飯を食べるとき、2日に1回ぐらいは、自分で料理をつくりたがる。うちにきて、毎回のようにわたしのつくったご飯を食べるのでは、申し訳ないと思う。そう言った。せめて、1日おきぐらいのペースでは、自分に晩ご飯をつくらせてほしいと も……。それは、わたしも歓迎だった。まず、チョウのつくる料理は、本格的で美味《おい》しい。

それと、もうひとつ……。わたしは、チョウが料理している姿を見ているのが好きだ。

料理をつくっている真剣な横顔を見ているのが好きだ。そう思っているうちに、気づいた。蕎麦《そば》屋をやっていた健次に惹《ひ》かれ、結婚したのも、そんないきさつだった……。そう考えると、わたしは、やはりチョウに対して、恋愛感情を持っているのだろう……。ただし、それがどれほど強い恋愛感情なのかは、自分でも、わからない。淡い感情なのか、相当に強いものなのか、それは、まだわからない。無理にわかろうとしなくてもいいと思った。

とにかく、2回に1回ぐらい、わたしは鯉のぼりを使って、〈今夜は料理して〉のサインを出すようにしていた。すると、チョウは食材を買い出して、うちにくる。鶏肉《とり》、豚肉、そしてネギ、ニラ、シイタケ、ニンニクなど……。食材は、主に平凡なものだ。けれど、それを使ってプロの味を出す。彼が作る点心、つまり、焼賣《シユウマイ》、餃子《ギョウザ》、小籠包《シヨウロンポウ》のたぐいは、すごく美味しい。航も、喜んで食べる。痩《や》せこけていた航の体に、少しずつ、肉がついてくるのがわかった。

それは、7月はじめの土曜日だった。夕方。わたしは、なにげなくテレビを観ていた。釣り番組をやっていた。家族で楽しむキス釣りというプログラムだった。夏休みにむけての企画なんだろう。テレビでは、いわゆる釣りキャスターが、釣り船で白ギスを釣っていた。それを、なんとなく見ていると、ふいに、

「白ギス！」

という声がした。ふり向く。航が、いた。また、

「白ギス釣り」

と言った。テレビの前に、座る。画面に映される釣り番組を観ている。わたしは、そんな航の姿を眺めていた。あの事故からずっと、航は心を閉ざしていた。テレビ番組は観ない。ただ走査線だけが映っている画面を、見つめていた。ただ、ぼんやりとした表情で……。それがいま、テレビの釣り番組を観ている。ぼんやりとではなく、あきらかに興味を持って、番組を観ている……。わたしは、そんな航の横顔を、じっと見つめていた。

梅雨も、そろそろラストスパート。そんな頃だった。この2、3日、また港の中にシコイワシの群れが回遊してきているとチョウが言った。わたしは航に、

「イワシ、釣る？」

ときくと、

「釣りたい」

という返事がかえってきた。わたしは、鯉のぼりで、〈夕方、港の桟橋にいく〉というサインを出した。午後3時半。サビキ仕掛けを手に、港にいった。桟橋の先端。チョウと、

3、4人のじいさまが釣り竿を握っていた。確かに、イワシの群れは廻《まわ》ってきているようだった。わたしは、釣り竿にサビキ仕掛けをセットした。航に、釣りをはじめさせた。

そのときだった。チョウが、ふり返って見ている。漁港に面して釣り船屋が並んでいる、そっちを見ている。わたしも、チョウの視線を追った。釣り船屋の前に、パトカーが駐《と》まっているのが見えた。パトカーの回転灯は光っていない。制服の警官が2人、釣り船〈太平丸〉のおやじさんと話している。チョウが、それをじっと見ている……。

20　アリバイが、ない

「魚探が、盗まれた？」

わたしは、チョウにきき返していた。夕方の5時半。うちのキッチン。釣ってきたシコイワシを手開きにしているところだった。チョウも、イワシをさばくのを手伝ってくれていた。そうしながら、彼が説明しはじめた。

「〈太平丸〉から、魚探が盗まれたらしいです」

と言った。魚探とは、魚群探知機のことだ。海中にいる魚の群れを探すための電子機器。どこの釣り船にも、とり付けられているものだ。

「〈太平丸〉の魚探が……」

「ええ、夜の間に盗まれたらしいです。夜明けに船頭が船にいって、それに気づいたようです」

チョウは言った。釣り船にとって、魚探は大切な機器だ。それが盗まれていたら、すぐに気づくだろう。

「それで、さっきパトカーが?」

わたしは、イワシをさばきながら、きいた。チョウは、うなずいた。〈太平丸〉から、盗難の被害届けが出たという。それで、神奈川県警のパトカーがきていたらしい。

そして、うちの縁側。わたしとチョウは、ビールを飲みはじめた。さばいたシコイワシは、皿に盛ってある。それを、ショウガ醬油《じょうゆ》につけて口に入れる。冷えたビールを飲む。

ぽつり、ぽつりと、さっきの続きを話していた。

「……中国人が?」

わたしは、きき返した。チョウは、ビールのグラスを手に、うなずいた。

「これはウワサなんですけど、中国人が犯人かもしれないと……」

「中国人が?……」

「ええ、不法滞在してる中国人がやった犯罪じゃないかというウワサが立ってます」

「不法滞在、か……」

わたしは、つぶやいた。違法に日本に滞在している中国人たちによる犯罪は、ときどきニュースとして報道されている。それは、頭のすみにあった。さっき、チョウが、パトカーの方をじっと見ていた。その理由が、わかった。

「でも、気にすることないじゃない。チョウには関係ないわよ」

翌日。朝から昼過ぎまで、知子の釣り具屋の店番をした。帰りぎわ、〈礼と言っちゃなんだが〉と知子が野菜をくれた。知子の親戚《しんせき》が、三浦半島で農家をやっている。そこからきた野菜だという。トマトが、どっさり。あと、ナスやピーマンがあった。わたしは、それを使ってラタトゥイユをつくることにした。フランス風の、野菜煮込みだ。そのまま食べてもよし、パスタソースとして使ってもいい。

家に帰ると、つくりはじめた。そのとちゅう、庭に出た。鯉のぼりの順番を入れかえる。一番上に、青い鯉。その下に、赤い鯉。一番下に、黒い鯉。これは、〈桟橋にも、大浜にもいけない。けど、うちに晩ご飯を食べにきて。きょうの晩ご飯は、わたしがつくる〉のサインだ。

おかしいなあ……。わたしは、つぶやいていた。午後6時。とっくに、ラタトゥイユはできている。けれど、チョウがこない。いつもなら、5時前にはくるのに……。わたしは、ラタトゥイユを肴《さかな》に、ワインを飲みはじめた。チリ産の赤ワイン。スーパーのセールで買った。少し冷やした方が美味《おい》しい赤ワインだ。冷蔵庫の野菜室に入れておいた赤ワインを出す。ゆっくりと飲みはじめた。

「遅かったわね……」

わたしは言った。チョウがきたのは、7時を過ぎていた。わたしは、ラタトゥイユを深さのある皿に盛る。赤ワインと一緒に、チョウの前に置いた。

「ありがとうございます」

とチョウ。その表情が、あまりさえない。ワインをグラスに1杯飲んだところで、

「さっきまで、警察がきてました」

「警察？」

と、わたし。チョウは、うなずいた。神奈川県警の制服警察が2人きた。チョウが仕事をしている〈明神丸〉にきて、チョウと話をしていったという。

「それって、取り調べのようなもの？」

「そこまでじゃないけど、かなりいろいろきかれました」

「いろいろ……。例の、魚探が盗まれた件？……」

言うと、彼は、うなずいた。

「やはり、中国人があやしいと言われてるみたいです。それで……」

「それで、あなたにも疑いが？」

「まあ、疑いというか……。いろいろ、質問されました」

「それって、ひどい……」

「でも……ぼくには、アリバイがありません。魚探が盗まれた夜のアリバイがありません」

「そうか……」

わたしは、つぶやいた。魚探が盗まれたという日の夜、チョウは、うちで晩ご飯を食べた。けれど、夜の9時過ぎには帰っていった。釣り船の仕事は朝が早い。夜の10時頃には寝ないと、起きられないという。しかも、彼はアパートで一人暮らし。夜中のアリバイがないのは当然だ。

「だからって、すぐに疑うってひどい。そんなの、シカトしちゃえばいいのに」

わたしは言った。チョウは、曇った表情のまま、うなずいた。

翌日、うちに警察がきた。午前11時。庭のヒマワリに水をやっていると、門が開《あ》いた。男が2人、入ってきた。2人とも、ネクタイをしめ、上着を手に持っている。1人は、柔道選手のように、がっしりとした体格。髪も短い。三十代だろう。もう1人は、眼鏡をかけている。こっちは、四十代と思えた。眼鏡の方が、

「県警の者です」

と言った。

「小早川咲さん？」

と言うので、うなずいた。相手は、名刺をさし出した。うけとった。

〈神奈川県警察　外国人犯罪取締り本部　警部補　松木和男〉そう印刷された名刺だった。

やつは、話しはじめた。このところ、湘南一帯の漁港で、盗難が続いているという。江の島の漁港。鎌倉・腰越《こしごえ》の漁港。逗子の小坪《こつぼ》漁港。葉山・鐙摺《あぶずり》の漁港……。それら漁港の船で、盗難の被害が多発しているという。盗まれるのは、魚探、GPSプロッターなど船舶用の電子機器。電動リールなど。中古として売りとばせる物ばかりだという。

「そして、このそばの漁港でも、魚探が盗まれた。それは、ごぞんじですか」

と眼鏡の松木。きくというより、念を押すような言い方だった。わたしは、うなずいた。こいつらは、わたしとチョウが親しいとわかっている。だから、こうして、きたのだろう。

「この事件には、どうも中国人がからんでいるようなんです」

松木が言った。説明する。逗子の小坪漁港で盗難があったとき、たまたま、現場近くを

通りがかった人がいた。現場から立ち去ろうとしている人影を見た。犯人らしいその2、3人の男たちは、中国語をしゃべっていたという。

「それで、犯人は中国人だと?」

わたしがきくと、松木は、うなずく。

「われわれとしては、不法滞在している中国人が、この事件にからんでいると考えています」

と言った。盗まれた船舶用の電子機器などは、海外へ持ち出せば、かなりいい値段で売れるものだという。松木は、たたみかけるように、

「周《チョウ》　雲龍《ユンロン》とは親しいようですね」

と、きいてきた。わたしは、はっきりと、うなずいた。隠す必要はない。

「最近、彼の様子に、変わったところはありませんか?」

「変わったところ?」

「ええ。急に金づかいが荒くなったとか」

と松木。わたしは、やつをまっすぐに見た。

「チョウが、彼が中国人だからというだけで、犯人あつかい?」

と言った。やつは、薄笑いを浮かべた。

「まあ……中国人だからというだけで、疑わしいと考えてるわけではありません。それなりの理由がありまして……」

「それなりの理由？」

と、わたし。やつは説明する。これまで盗まれた、魚探をはじめとする電子機器。それらは、とりわけ、新型で、出力も大きい。価格も高い物が多いという。

「だから、窃盗《せっとう》グループの中には、船舶用の機器にくわしい人間がいると、私たちは考えているわけです」

やつは言った。なるほど。そういうことか……。わたしは、心の中でつぶやいていた。

「しかも、周《チヨウ》は一人暮らしで、盗難が起きた夜中のアリバイがありません。それでは、私たち警察が、彼のことを調べるのも当然だと思いませんか？」

やつは言った。わたしは、〈そんなの当然でもなんでもない！〉と言ってやりたかった。けど、ここでわたしが感情的になるのは、まずい。かえって、チョウの立場を悪くするだろう……。そう思った。わたしは、自分自身に、〈頭を冷やせ。クールに、クールに……〉と言いきかせる。警部補の松木を、まっすぐに見た。落ち着いた口調で話しはじめた。チョウの様子に、何も変わったところはない。金づかいが荒くなったとか、そんなことも一切ない。そう、冷静な口調で話した。

「お役に立てなくて悪いけど」

と言ってやった。松木は、うなずく。つまらない雑談を2、3分する。

「ま、何かあったら、連絡をください」

と言った。部下らしい男と一緒に、門を出ていった。最後まで、慇懃無礼《いんぎんぶれい》な態度だった。

わたしは、やつの名刺を手にしたまま、家に入った。やつらは、チョウが、書類送検された過去も知っているのだろう。わたしには言わなかったけど、ちゃんと調べ上げてあるに違いない。わたしは、そう思った。やつの名刺を2つに破った。ゴミ箱に捨てた。

「この家に、泊まる？」

チョウが、きき返してきた。わたしは、うなずいた。そして言った。

「そう。今夜から、うちに泊まって」

21　今夜は泊まっていって

わたしは、説明しはじめた。きょう、県警の連中がうちにきた。いろいろと、きいていった。チョウが、中国人窃盗グループの一人じゃないかと疑っているらしい。船舶用の機器にくわしいから、というのが、チョウを疑っている一つの理由。そして、

「もう一つの理由は、やっぱり、あなたが一人暮らしで、夜中のアリバイがないことよ」

と、わたしは言った。

「だから、今夜から、うちに泊まって」

とチョウに言った。以前、祖父が使っていた部屋を、片づけてある。そこに泊まってほしいと彼に言った。きょうの午後、ずっと考えた。とことん考えて決心したことだった。

チョウは、かなり驚いた表情……。

「でも……それじゃ、サキさんに迷惑がかかります」

「迷惑なんて、かからないわ」

わたしが言った。うちの隣り近所は、ほとんどが別荘。夏の週末しかこない家ばかりだ。そうして別荘にくる人は、近所のことなど気にしていない。しかも、漁港の連中は、わたしとチョウが親しいことを知っている。

「いまさら、どうってことないわよ」

わたしは言った。チョウは、まだ、困ったような表情をしている。

「あなたと釣りをはじめた、そのおかげで、航はいい方に向かってるわ。うまくいけば、普通の子供に戻れるかもしれない……。そのためには、あなたの力が必要なの。あなたの力が欲しいの」

わたしは言った。

「このままだと、あなたは疑い続けられるわ。そのうち、この港にいられなくなるかもしれない……。そんなことになって欲しくないの。あなたのためにも……」

と言った。1時間以上、話し合った。結局、チョウを説得することができた。彼は、毎晩、うちで泊まることになった。さっそく、アパートに着替えをとりにいかせた。大きめのスポーツバッグを持って、チョウは戻ってきた。祖父が使っていた部屋に、それを置いた。わたしは、つくっておいたインドカレーを温めなおした。いい匂いが漂う……。

「じゃ、新しい同居人に」

と言い、わたしたちはビールで乾杯した。

かすかな音がした。わたしは、目をさました。窓の外が、ほのかに明るくなっている。枕もとにある時計を見た。4時20分だった。廊下を歩いていく音がきこえた。チョウが仕事に出ていくんだろう。静かな足音……。わたしの部屋の前を過ぎる。玄関の方に歩いていく。玄関をそっと開け閉めする音がきこえた。チョウが出ていった……。

わたしは、うっすらと眼を開いていた。淡いブルーのカーテンごしに、夜明けの光が入ってくる。そっと、視線を動かした。テーブルに、小さめの額が置いてある。そこに1枚の写真があった。死んだ健次と、わたしの写真だった。

奥多摩にいったときのスナップ写真だった。岩の上にカメラを置いて、セルフタイマーで撮った写真だった。まだ航が生まれる前だ。初夏だった。健次は、白いTシャツ。わたしは、チェックの長袖《ながそで》シャツ。袖をまくり上げている。ふたりとも、カメラに笑顔を向けている。

あの日のお弁当は、やはりBLTサンドだった。わたしは、食べていたサンドイッチからトマトを落とした。健次が笑った。つくるのはうまいけど、食べるのはヘタだなあ……。

そう言って笑った……。

わたしは、眼を閉じた。そんなことまで覚えているなんて……。やはり、健次との日々は、まだ色濃く心の中にある。健次がいなくなって、まだ1年と3ヵ月……。当然といえば当然なのだけど、健次との日々は、思い出にするには鮮明すぎる。

そう……。チョウと親しくなるにつれ、そのことに、ためらいも感じていた……。チョウとの間に、男と女の感情が生まれはじめると、同時に、それにブレーキをかけようとする自分がいた……。その理由は、健次との日々にある。まだ、思い出と呼ぶには鮮明すぎるあの日々に……。

これから、どうなるんだろう……。それは、わからない。わたし自身にも……。なるようにしかならない。大切なのは、いつも自分らしくいることだ。それだけしかないだろう。わたしは眼を閉じたまま、さえずりはじめた鳥の声をきいていた。また、眠りに落ちていった。

梅雨が明けた。

チョウは、毎日、釣り船の仕事に出かけていく。わたしは、鯉のぼりでサインを出した。

そして、大浜で水泳の練習をした。白ギスを釣った。航がしゃべる言葉は、日を追ってふえていった。これまでは、ほとんどが単語だった。それが、フレーズになってきた。

「きょうは、キスの喰《く》いが悪い」

「もっと大きいのが釣れないかな……」

などなど……。特に釣りについては、普通の子のようにしゃべるようになってきた。

チョウの泳ぎも、かなり上達してきた。仰向けに水に浮くコツはのみ込めていた。仰向けのまま、バタ足で進むようになっている。もう、背泳ぎはできそうだ。わたしたちの笑い声が、ひと気のない大浜のビーチに響く……。


「うちでシャワー浴びればいいのに」

わたしは言った。午後5時。きょうは大浜で、水泳の練習をした。そのあと、航に釣りをやらせた。けど、キスは釣れず、草フグが2匹かかっただけ。わたしたちは、釣りを切り上げた。帰ることにした。きょうのサインは、上から青い鯉、そして赤い鯉。〈きょうの晩ご飯は、わたしがつくるわ〉のサインだ。わたしは、大浜にくる前、パスタをつくる準備をしてきた。大浜から帰ろうとすると、

「じゃ、帰ってシャワーを浴びたら、いきます」

とチョウが言った。彼は、毎日、自分のアパートへ戻り、シャワーを浴びてから、うち

にくる。その理由は、なんとなく、わかっていた。まず、単純に、遠慮していることがある。それと、もうひとつ。わたしと同じ風呂場《ふろば》を使うのを、ためらっている。もしかしたら、こう思っているのかもしれない。わたしと同じ風呂場でシャワーを浴びる……。それでは、あまりに男と女を意識してしまう……。彼は、そう考えているのかもしれない。けど、わたしは別のことを考えていた。チョウとわたしの毎日を、合宿のようにしたかった。ヨット・スクールの合宿のように、男も女もない、サバサバしたものにしたかった。そうすることで、とりあえず、現状のままでいられるのでは……。わたしは、そう考えていた。

チョウは、わたしが言った通り、大浜にいたときと同じかっこうでうちにきた。わたしは、〈洗濯しといてあげるから〉と言って、チョウが着ていたTシャツを脱がせた。〈あとは、洗面所のカゴに入れといて！〉と言った。とりあえず、その場は、合宿所のようなサバサバした空気になった。

また、県警の連中がきた。午前11時半。チョウが海に出ている時間だ。この前と同じ、警部補の松木と部下だ。あい変わらず、表面はていねいだけど、さぐりを入れるような口調で話しはじめる。つい2日前、また漁船からの盗難があったという。葉山から少し南にいったところにある秋谷《あきや》漁港。そこに舫《もや》ってあった漁船から、GPSプロッターが盗まれたらしい。GPSプロッターは、船の現在位置を知るための機器。海の上のカーナビのようなものだ。何十万円もする電子機器だ。しかも、取り付けたばかりの新しい物だったという。

「それで？」

「2日前の夜ですが……」

「チョウなら、うちに泊まっていたわ」

と言ってやった。

「このところ、彼はずっと、うちに泊まってるわ。夜中は、どこにも出かけていない。確かよ」

と、わたし。〈なんか文句ある？〉という表情で松木を見た。松木は、部下らしい男と、一瞬、顔を見合わせる。薄笑いが、その顔に浮かんだ。

「そういうことですか。なるほど……」

と言った。やつが考えている〈そういうこと〉は、だいたい想像ができた。けど、知ったことじゃない。わたしは家に入る。洗濯の続きをはじめた。

〈やっぱり、男だなあ……〉。わたしは、胸の中で、つぶやいていた。洗濯したチョウのTシャツを、干そうとしているときだった。このところ毎日、わたしは彼のTシャツを洗濯してあげている。洗濯機から出したTシャツを、ひろげ、干そうとする……。すると、いやでも、そのサイズの大きさを感じてしまう。それは、男の肩幅であり、男の背中だった。わたしは、ひろげたTシャツを、じっと見つめていた……。

〈やばい……〉。わたしは、そっと、つぶやいていた。

うちのリビング。わたしたちは、チョウがつくってくれた餃子《ギョウザ》を食べ、ビールを飲んでいた。テレビで、天気予報をやっていた。チョウは、うちにいるとき、翌日の予報は必ず観ている。仕事柄、あしたどんな天気になり、どんな風が吹くのか、それを知っていることが必要だから……。

いま、NHKが天気予報をやっていた。関東地方に前線が近づいている。関東南部では、突風、強い雨、そしてカミナリが予想されると予報で言っている。

すでに、あたりは暗くなりはじめた。普通なら、まだ、たそがれの明るさが残っている時間だった。けど、空には黒っぽい雲……。雲の動きが速い。庭の木立ちも、風に揺れはじめている。もしかしたら、カミナリが鳴りはじめるかもしれない……。そう思っただけで、わたしの腕に、細かい鳥肌が立ってくる……。やばいなぁ……。心の中で、つぶやいていた。

わたしには、カミナリへのひどい恐怖心があるのだ。

あれは、まだ少女だった夏。ヨットをはじめて間もない頃の夏だった。わたしは、一人乗りのヨットで海に出ていた。その頃はまだ知子とペアは組んでいなかった。一人乗りの練習艇で海に出ることが多かった。

その日も、一人でヨットに乗っていた。葉山沖で、練習をしていた。ちょうどいい南西風が吹いていた。わたしは、セイルに風をうけ、気持ちよくヨットを走らせていた。ふと気づくと、ヨット・スクールの仲間たちと、かなりはなれてしまっていた。わたしは、ヨットを反転《タック》させた。仲間たちの方へ戻ろうとした。

戻りはじめて30秒。海の上に異変を感じていた。

よく晴れていた空が、急に暗くなりはじめている。ゆるやかな南西風だったのが、冷たい北東風に変わっていた。風は、あっという間に強まっていく。海面に白波が立ちはじめた。

そのままでは、ヨットが転覆《てんぷく》してしまう。わたしは、上げていたセイルをおろした。転覆はしないものの、ヨットは走らなくなった。すぐに、スコールのような雨が叩《たた》きつけてきた。同時に、雷鳴があたりに響きはじめた。やがて、あたりがパッと明るくなる。何かを割るような落雷の音がきこえた。

カミナリは、強さをましていく。白いイナズマが、あちこちに落ちはじめた。わたしは、本能的にマストからはなれた。海の上で、マストを立てていたら、カミナリに落ちてくれと言っているようなものだ。もし、マストに落雷したら……。マストのそばにいたら、死の危険もあるだろう。わたしは、そう思った。ヨットの船尾で、体を丸めた。といっても、狭《せま》い一人乗りのヨットだ。マストからは、1メートルちょいしかない。それでも、ヨットのすみで体を丸めた。

落雷はひどくなる。真っ白いイナズマが、あちこちの海面に落ちる。耳に痛いほどの音。そして腹に響く振動。

わたしは、体を丸め、雨に打たれていた。心が悲鳴を上げていた。いつ、目の前のマストに落雷するかもしれない。その恐怖が、心臓をわしづかみにしていた。誰か助けて！そう心が叫んでいた。けれど、誰も助けにこられないのもわかっていた。50メートルぐらい先に落ちたイナズマ。体を打つ雨。わたしの歯は、ガチガチと鳴っていた。ただただ、心が泣き叫んでいた。

どのぐらい、そうしていただろう……。しだいに、落雷の間隔があいてくる。雨も、少しずつ弱くなってきた。やっと、前線が通り過ぎたらしい。強く吹いていた北東風も、弱まってきた。視界が開けてきた。やがて、エンジン音がきこえた。ヨット・スクールの救《レス》助艇《キュー》が、こっちに走ってくるのが見えた。

あの日、わたしのヨットのマストに落雷しなかった。それは、奇跡的と言えるかもしれない。たまたま、運が良かったとも言えるだろう。けれど、あそこでマストに落雷していたら、どうなったんだろう……。そう考えるだけで、いまも、ぞっとしてしまう。そして、カミナリへの恐怖心は、いまでも、わたしの心に根強く残っている。消えることのないトラウマとして……。

航は、チョウがつくってくれた餃子《ギョウザ》と炒飯《チャーハン》を食べ、感心にも、

「おやすみなさい」

と言った。自分の部屋へ戻っていった。チョウも、あしたの朝が早いので、自分の部屋へ……。わたしは、キッチンで使った食器を洗いはじめた。雨が、窓ガラスを濡《ぬ》らしはじめていた。

カミナリが鳴りはじめたのは、午後10時過ぎだった。はじめは、地響きのような振動が、

かすかにきこえた。やがて、窓の外が、パッと明るくなる。何秒かして、はっきりとした雷鳴がきこえた。イナズマが光る、そして雷鳴がきこえる、その間がしだいに短くなってくる。落雷が、近づいているらしい。落雷の音も、少しずつ大きくなってきた。

わたしは、キッチンの床にしゃがみ込んだ。両手で耳をふさいだ。

けど、イナズマと雷鳴は、どんどん近づいてくる……。窓の外が、昼間のように明るくなる。つぎの瞬間、バリバリッという落雷の音。わたしは、調理台のそばに、うずくまった。両手で耳をふさぐ。体が細かく震えはじめていた。いまでは、イナズマが光るとほぼ同時に落雷の音がしはじめていた。近くにカミナリが落ちているらしい。

ふいに停電した。キッチンの電灯が消えた。イナズマが光ったときだけ、キッチンは一瞬明るくなる。そして、また、暗くなる。近くに落雷したせいで、停電したんだろう。

イナズマと落雷の音は、さらに激しくなっていた。イナズマが光るとほぼ同時に、何かが割れるような激しい音がした。わたしは、両手で耳を押さえ、眼を閉じ、ただうずくまっていた。落雷は、永遠に続くように思えた。

そのとき、肩に、何かが触れた。そっと、肩に触れる手……。そして、

「大丈夫ですか……」

という声。チョウの声だった。わたしは、そっと眼をあけた。すぐ近くにチョウの顔が

あるのが感じられた。わたしの肩を抱くようにしているのも、わかった。

そのとき、また激しい落雷。あたりが昼間のように明るくなる。同時に、バリバリッという音と振動。わたしは、かすかな悲鳴を上げた。チョウの胸に、上半身をぶつけるようにした。彼が、わたしを抱きとめてくれた。しっかりと、抱きとめてくれた。

22　ニンニクが、恋をさえぎった

わたしは、彼の胸に頬を押しつけていた。

彼のTシャツからは、日なたと洗剤の匂いがした。わたしが洗濯したTシャツ……。わたしは心の中でつぶやいていた。自分に言いきかせていた。ここは海の上じゃない。うちのキッチンなんだ。命の危険もない。こうしてチョウが抱きしめてくれている……。

そう自分に言いきかせていると、少しは安心できた。体の震えも、おさまっていくのがわかった。続いている雷鳴の中で、じっと、彼の胸に顔を押しつけていた。

どのぐらいの時間が過ぎただろう……。イナズマが光るのと、雷鳴が響くのに、何秒かの間隔ができていた。どうやら、落雷は、かなり遠ざかったらしい。わたしは、彼の胸に伏せていた顔を、ちょっと上げた。チョウの手が、わたしの頬に触れたのがわかった。わたしは、さらに顔を上げた。

そのとき、またイナズマが光った。あたりが明るくなった。すぐそばに、チョウの顔が見えた。真剣な表情が、一瞬見えた。頰に彼の息づかいが感じられた。顔と顔が近づいていく……。唇と唇が、かすかに触れ合った。その瞬間、わたしは、顔をそらしていた。彼の胸に、額《ひたい》を押し当てた。

「ダメ……」

と小声で言った。

「……ダメ？」

とチョウ。わたしは、彼の胸に額を当てたまま考えた。こういうとき、どうすればいいんだろう……。一番安全なのは、笑ってしまうことかもしれない。けど、それは嫌《いや》だった。相手をバカにしたような感じになってしまう。わたしは、しばらく考えた。そして、

「わたし、餃子《ギヨウザ》をたくさん食べたから、ニンニクくさいわよ」

と言った。それは、半分は本当だった。今夜、チョウがつくった餃子を食べた。本来、中国の餃子はニンニクを使わないとチョウは言った。使うとしてもニラだけだという。けれど、航が元気になるように、チョウは、ニンニクのたくさん入った餃子をつくった。それは、美味《おい》しかった。航も食べたけど、わたしもたくさん食べた。キスをするのにふさわしい状況ではない。それは、なかば本当だった。チョウは、かすかに笑い声を上げた。

「わかりました。これからは、ニンニクを入れないで餃子をつくります」

と言った。気がつくと、雷鳴は小さくなってきていた。わたしは、そっと立ち上がった。手さぐりでキッチンのすみにいく。いつもそこに置いてある懐中電灯をさぐりあてた。懐中電灯をつける。とたん、キッチンに張りつめていた濃密な何かが、消え去った。落雷は、遠くでまだ響いていた。


午前10時。わたしは、家の掃除をしていた。

チョウが使っている部屋にも入った。彼の部屋を掃除することは言ってある。わたしは部屋に入った。もともと、祖父が使っていた部屋だ。8畳の和室。壁には、葉山の海を描いた水彩画がかけてある。これは、祖父と仲が良かった画家が描いたものだ。

小ざっぱりした室内。部屋のすみに、チョウの服があった。Tシャツ、ショートパンツ、トレーナーなど、数枚が置かれていた。それは、きれいにたたんで、重ねられてあった。

わたしは、それをじっと眺めた。男にしては、やたらていねいにたたんである服たち。まるで、旅先のように……。それは、これまでの彼の日々を物語っているようだった。

横浜の家を出てから、いくつもの仕事を経験してきたという。住むところも、変わってきたにちがいない。どこに住んでも、ここが自分の場所という気持ちにはなれなかったのかもしれない。どこにいても、旅先……。そんなふうに過ごしてきたのではないか……。きちんとたたまれた服を見ていると、そんなことが感じられ、わたしは、ちょっと切ない気持ちになっていた……。

たたまれている服には手を触れず、わたしは部屋を掃除しはじめた。

窓ぎわに、文机《ふづくえ》がある。祖父は、よくそこで書きものをしたり、船の設計図を眺めたり、小説を読んだりしていた。いまも、そこには小さな読書用のスタンドが置かれている。そのスタンドに、1枚の絵葉書が立てかけてあった。それは、祖父のものではない。とすれば、チョウが置いたものだろう。

わたしは、その絵葉書に顔を近づけた。それは、中国らしい風景を淡い色調で描いたものだった。池のほとり。何か、東屋《あずまや》のようなものが描かれている。柳の木も描かれている。そばでは、釣り糸をたれている人がいる。よく見かける中国の風景画だった。特別なものではない。けれど、その絵の中には、ゆったりとした時間が流れているように感じられた。静かで、ゆったりとした時間が……。わたしは、しばらく、その絵葉書を眺めていた。

お、カツオ……。わたしは、つぶやいていた。昼下がり。わたしは買い物にきていた。海沿いの道に面して、小さな魚屋がある。かなり、ぼろっちい。古ぼけた感じの店だった。

けれど、ここは地魚ばかりを扱っている。主に、相模湾でとれた魚を置いてある。その店先を、わたしは眺めていた。そして、カツオを見つけた。カツオが2匹、氷水の中につかっていた。かなり太ったカツオだった。3キロ以上、ありそうだった。いわゆる〈戻りガツオ〉だろう。ゴムの前かけをした、顔見知りのおじさんが、わたしを見た。わたしがカツオを見ていると、

「今朝、三崎で上がったやつだよ」

と言った。わたしは、うなずいた。カツオは、わたしの好物だった。春先の〈初ガツオ〉もいいけれど、夏から秋にかけての〈戻りガツオ〉が美味しい。脂《あぶら》がのっているし、太ってもいる。わたしは、それをもらうことにした。この海岸町では、カツオをまるごと1本買っても、それほどの値段ではない。

家に戻ると、鯉のぼりの順番を入れかえた。一番上に、青い鯉。その下に、赤い鯉。〈今夜は、わたしが晩ご飯をつくるわ〉というサインだ。それを、スルスルと上げた。

キッチンで、カツオをさばきはじめた。中型の出刃包丁。祖父が使っていたものだ。その出刃で、カツオをさばいていく。丸ごとのカツオをさばくのは、ひさしぶりだった。けど、まずまず。なんとかなった。

腹と背のサクが2つずつ。それに、ステンレスの串《くし》を刺す。ガスの火で、あぶりはじめ

た。戻りガツオは、刺身もいいけれど、火であぶった、いわゆるタタキにする方が美味しいと思う。わたしは、テキパキと、カツオをあぶっていく。表面だけをあぶったカツオを、刺身包丁で切る。切り口は、ルビーのように紅《あか》い。それを、大皿に並べていく。シソの葉、そして、スライスしたニンニクを、たっぷりのせた。そろそろ、夕方が近づいていた。

キッチンをのぞいたチョウは、

「カツオですか」

と言った。大皿に盛ったカツオのタタキ。その上に散らしてあるシソとニンニクを見た。

「ずいぶんなニンニクですね」

と言った。わたしは微笑し、

「そう……。たっぷりのニンニク」

と言った。チョウと目が合った。〈たっぷりのニンニク〉に、彼は、ちょっと苦笑いをした。カミナリの夜のことを思い出しているらしかった。わたしは、そのことを意識してカツオのタタキをつくったわけじゃない。けど、ニンニクをスライスしているときに、そのことは、ふと考えた。気がつくと、かなり大量のニンニクをスライスしていた。カツオの量にしては、多すぎるニンニクかもしれなかった。けれど、わたしは、それを大皿の上に散らした。

自分でも、自分が持っている脆《もろ》さには気づいていた。できれば、強い人間でありたいとは思う。けど、自分の中にある脆さには、気づいていた。もしチョウと唇を重ねたら、その先まで、一気にいってしまいそうだった。そんな自分の脆さ、あやうさは、わかっていた。気がつけば、大量のニンニクをきざみ、カツオの上に散らしていた。知子に言ったら大笑いされるだろうけど、自分の中に、一種の防波堤をつくる……そんな気持ちで……。

カツオを口に運び、ビールを飲む。そうしながら、わたしはチョウにきいた。彼の部屋にあった、あの絵葉書。そのことを、サラリと、きいた。

「ああ、あれは、中国にいる叔父《おじ》からきたものです」

とチョウ。そうか……。いつか彼が話してくれた。彼の父親の弟は、保守的な父親とうまくいかず、中国に帰ってしまった。そう言っていた。いまチョウが言ったのは、その中国に帰ってしまった叔父さんのことなんだろう。

「叔父さんは、いま、長江《ちょうこう》ぞいのチョンチンという所で、中華飯店をやっています」

とチョウ。メモ用紙に〈重慶《チョンチン》〉と書いた。わたしは、その文字を眺めていた。その土地は、あの絵葉書に描かれていたような、静かで、ゆったりとした時間が流れているところなのだろうか……。

「いってみたい？」

わたしは、きいた。チョウは、小さくうなずいた。

「いってみたいです」

と言った。わたしは、うなずき、思っていた。チョウは、これまで心身ともに厳しい日々を送ってきたんだろう。そんな彼にとって、あの絵葉書にある土地は、心やすらぐところなのではないだろうか。その絵葉書を眺めているだけで、ほっと心が深呼吸できるような、そんな希望の場所なのではないだろうか……。

翌週。水曜日。わたしたちは、大浜にいた。伝馬船の上で、キス釣りをしていた。航は、もう6匹の白ギスを釣ってごきげんだった。自分で、ハリにエサをつけている。それを眺めながら、チョウがきいた。

「そういえば、サキさん、ジギングって知ってますか？」

「……ジギングって、メタル・ジグでやる釣り？」

わたしがきき返すと、チョウは、うなずいた。

「少しなら、知ってるわよ」

わたしは言った。

メタル・ジグを使った釣りなら、十代の頃にやったことがある。あれは、確か高校生だった頃。ヨットをやっている頃のことだ。ヨットで海に出る。本当は、サザエやアワビの密漁をやりたかった。けれど、漁協のおじさんたちが、うるさくなっていた。遠くから、双眼鏡で、わたしたちを見張るようになっていた。

それでは、サザエやアワビを獲《と》るわけにはいかない。仕方なく、わたしや知子は、釣りをやることにした。魚を釣るのなら、漁協のおじさんたちに文句を言われることはない。といっても、ディンギー、つまり小型ヨットに、たいそうな釣り道具をのせるわけにはいかない。そこで、メタル・ジグを使った釣りをやることにした。

メタル・ジグは、ルアーの一種だ。むくの金属でできたルアー。わたしたちは、イワシのようなサイズのものを、使っていた。その表面は、青魚を似せて、青光りしていた。つまり、イワシに見せかけて、それを食べている魚を釣ろうというルアー・フィッシングだ。このルアー・フィッシングのいいところは、道具がシンプルなことだ。短い釣り竿《ロッド》。小型のリール。そして、釣り糸の先には、メタル・ジグを結びつけておけば、それでいい。そんな釣り道具をヨットにのせ、わたしたちは海へ出た。

ヨットの練習をしていると、ときおり、魚の気配を感じることがある。海鳥が何羽も、海面近くを飛んでいる。あるいは、鳥たちが、海面に浮かんで待っている……。その海鳥たちは、本当に待っているのだ。大きめの魚が、イワシを海面に追いあげてくれるのを待っている。

そんな、魚っけのあるところにさしかかると、わたしたちは、すかさず、ヨットの帆《セイル》をおろす。メタル・ジグを、海に放り込んだ。むくの金属でできたメタル・ジグは、まっすぐ海中に沈んでいく。しばらくメタル・ジグを沈ませると、釣り竿《ざお》をしゃくりはじめる。ジグを動かし、魚をさそう……。うまくすると、魚がハリにかかる。よくかかるのは、サバ、そして、ブリの子供であるイナダ。両方とも、イワシを追いかけている魚だ。サバは、シメサバか味噌煮《みそに》にする。ときには、オリーブ・オイルをフライパンに流し、サバの切り身を焼く。イナダは、まず刺身で食べる。翌日になったら、香草を使ったムニエルのようにしてもいい。どっちも、美味しい魚だ。

わたしは、そんなことを、チョウに話した。チョウは、うなずきながらきいている。そして、話し出した。テレビの釣り番組が、撮影にくるという。湘南一帯をカバーしているケーブルテレビのネットワーク。そのプログラムの中に、釣り番組があるらしい。主に相模湾の釣りを撮影・取材し、放映しているという。その撮影を、チョウの明神丸でやりたいと言ってきているらしい。

「それは、いつ？」

「来週なんですけど、やりたい釣りが、ジギングらしくて……」

とチョウ。いまは真夏。だけれど、釣り番組としては、秋のはじめに向けた釣りを撮影したいんだろう。確かに、ジギングで狙うイナダやサバは、これからがシーズンだ。サバは、脂《あぶら》がのってくる。イナダも、これから太っていく。ケーブルテレビが、そういう番組を企画するのは、自然なことだろう……。

「でも、ぼくは、メタル・ジグを使った釣りをやったことがないんです」

「じゃ、断わっちゃえば」

「もう、明神丸のおやじさんが引きうけちゃったんです。船のPRになるからって……」

とチョウ。なるほど、そういうことか……。釣り船にとっては、テレビ番組に出るのは、確かに、いいPRになるだろう。このところ、釣り客が減っている釣り船にとって、大切なPRのチャンスかもしれない。

「そこでお願いなんですが、その撮影のときに、手伝ってくれませんか」

「わたしに？」

きくと、彼はうなずいた。メタル・ジグで釣れそうなポイント探しを、手伝ってほしいとチョウは言った。もし釣れなければ、釣り船としては面目《めんもく》がまる潰《つぶ》れだろう……。

わたしは、しばらく考え、それをオーケーした。知子に相談すると、その日、航をあずかってくれると言った。

撮影の当日。わたしは、チョウと二人分のお弁当をつくった。なんとなく、BLTサンドをつくっていた。わたしの中で、釣りとBLTサンドはセットになっているらしい。そのことは、もういない健次との日々を思い起こさせた。心のすみに、チクリとトゲが刺さった。それはそれとして、ひさしぶりに、ちゃんと海に出る。自分の心がはずんでいるのも感じていた。ひとの気持ちは、矛盾《むじゅん》のかたまりなのかもしれない……。航を、知子にあずける。わたしは、少し早足で港に向かった。

23　二人とも、ぶきっちょ

栈橋には、5人いた。

まず、カメラマン。その助手。ディレクター。みな、ラフなかっこうをしている。そして、釣りキャスターは2人。中年男性と若い女性だった。

中年男性は、どこかで見た顔だった。よく釣り番組に出ているんだろう。釣り具メーカーのロゴが入ったキャップをかぶり、スマートなライフ・ジャケットを身につけている。

女性の方は、初めて見る顔だった。二十代のまん中あたりと思えた。かわいい顔立ちをしている。目立たないけど、上手にメイクをしている。スポーティーな雰囲気。だけれど、その年齢なりの色香は漂っている。そんな娘《こ》だった。髪を後ろで束ね、やはり、釣り具メーカーのロゴが入ったキャップをかぶっている。スリムジーンズにつつまれた脚《あし》が長い。

ディレクターが紹介する。中年男性は、モトヤマ。若い女性は〈ミカちゃん〉と紹介し

た。彼女は、チョウとわたしに、

「坂口ミカです」

と、あいさつした。名刺をさし出した。〈フィッシング・レポーター　坂口美加〉という名刺だった。下の方に〈オフィスYG〉という社名。どうやら、モデルやタレントと同じで、事務所に所属しているらしい。

全員、船に乗り込む。みな、もの慣《な》れた身のこなしで、桟橋から船に乗り込む。毎週のように、こういう撮影をやっているんだろう。わたしとチョウが、舫《もや》いロープをとく。チョウが、船のギアを入れた。明神丸は、ゆっくりと港を出ていく。快晴。南西の風、3、4メートル……。

「鳥の気配がないわね……」

わたしは、チョウに言った。操船室。ふたりで、魚探を見ていた。魚探にも、魚の反応がない。特にサバは、群れで動き回っている。いれば魚探に映るはずだ。けど、魚探には何も映らない。港を出て1時間。わたしたちは、葉山の沖にいた。水深50メートルあたり。サバやイナダがよくいる場所にいた。けれど、海鳥の姿は見えない。魚探にも反応はない。

「しばらく待ってみるしかないわね」

わたしは言った。チョウは、うなずいた。船のギアを中立《ニュートラル》にした。ゆっくりと走っていた船は、止まった。わたしは、船首にいく。少し高くなっている船首に立った。あたりの海面を見渡す。鳥の姿を探しはじめた。あまり多くはないわたしの長所、それは、眼がいいことだ。見回していると、話し声がきこえた。操船室の出入口に、坂口美加がいた。チョウに話しかけている。

「船長は、このお仕事、長いんですか？」

という声。チョウが何か答えている。けど、わたしにはきこえない。美加が、また何か話しかける。チョウが答える。美加が、何か、はじけたように笑った。若い娘らしい、華《はな》やかな笑い声だった。わたしは、そっぽを向いた。広い海面に視線を向けた。そっぽを向く。そのことは、逆に、意識していることになる。それは、わかっていた。〈何考えてるのよ、あんた〉と、自分の中で、もう一人の自分が言っている。〈チョウを拒否したのは、あんたの方じゃないか〉という声も……。

そうだ、そうなんだ。わたしは、自分の気持ちをクールダウンする。チョウには、あの年齢の娘がふさわしいんだ……。そう、自分に言いきかせた。しだいに、気持ちが落ち着いてきた。美加の無邪気な話し声は無視。また、海面を見渡しはじめた。そのときだった。はるか遠くの海面に、薄い煙のようなものが見えた。

「鳥山！」

わたしは、ふり向き、叫んだ。チョウが、操船室から顔を出した。わたしは、2時の方向を指さし、

「鳥山！　走って！」

と叫んだ。チョウが、素早く操船室に。クラッチをつないだ音。そして、ディーゼルエンジンの野太い響き。船は、グレーの煙を吐いて加速する。右手前方に向かって全速で走りはじめた。5分ぐらいで、着いた。海鳥たちが、あたりを飛び回っていた。何匹かは、海面に突っ込んでいる。チョウが、船のスピードを落とした。釣りキャスターの2人は、もう、準備をすませていた。カメラマンも、肩にカメラをかついだ。

船が停止する。と同時に、2人がメタル・ジグをキャストした。3秒後、美加の釣り竿《ロッド》が、ぐっと曲がった。魚が、かかった。こういう状況だと、魚の群れは、海面のすぐ下にいる。落ちてくるメタル・ジグに喰《く》いつくのは珍しくない。カメラマンが、美加を撮りはじめた。

「かかりました。けっこう、いい引きです」

と美加。カメラに向かって笑顔で言った。慣れた動作でリールを巻いていく。ロッドを

立てる。海面から、サバを抜き上げた。彼女は、

「かなり太ったサバです」

と言った。カメラに向けて、釣ったサバを見せる。カメラは、それに寄っていく。確かに、かなり太ったサバだった。銀色の腹が、陽射しをうけて輝いている。サバが太ってきた……。それは、季節が、夏から秋に向かっていることを意味していた。


その鳥山では、2人の釣りキャスターが合わせて10匹以上のサバを釣った。それからも、何回か鳥山を見つけた。つぎつぎとサバが釣れた。午後になり、ポイントを鎌倉沖に移した。稲村ヶ崎《いなむらがさき》の沖にある定置網。その近くで、小さな鳥山が立った。そこで、イナダが当たった。定置網の近くでは、よくイナダが釣れるものだ。あまり大きくはない。けど、充分にイナダと呼べるぐらいの大きさはあった。今年は、秋がくるのが早いのかもしれない。


撮影が終わり、港に帰った。午後4時近い。ほかの釣り船は、もう片づけを終えていた。撮影スタッフたちは、船から桟橋に上がった。チョウやわたしも、それを手伝う。美加が、

「あ、ちょっと」

と言った。小型のデジタルカメラをとり出した。チョウに、

「あの、写真、いっしょにいいですか？」

と言った。どうやら、彼女はチョウが気に入ったらしい。といっても、ほかのスタッフたちは、もう、車に向かって歩きはじめていた。彼女は、舫いロープをクリートに結びなおしているわたしを見た。

「あの、シャッター、押してもらっていいですか？」

と言った。わたしは、うなずいた。カメラをうけとった。突っ立っているチョウのわきに、美加が立った。わたしがカメラを向けると、彼女はVサインをした。わたしは、シャッターを切った。

「もう1枚、いいですか？」

と彼女。今度は、左手でチョウの右腕に触れる。体も、くっつける。かわいらしい笑顔。わたしは、また、シャッターを切った。彼女は、わたしに笑顔を見せ、

「ありがとうございました。船長のお姉さん、ですよ、ね……」

と言った。わたしは、一瞬、とまどって、

「え、まあ……」

と答えた。彼女は、あい変わらず屈託《くったく》のない笑顔を見せる。

「きょうは楽しかったです。また遊びにきます。よろしくお願いします」

と、礼儀正しく言った。チョウに、

「じゃ、写真、送りますね」

と言った。スタッフたちの後を追って早足で歩き去っていった。


「かわいい娘《こ》じゃない」

わたしは、ホースの水で船を洗っているチョウに言った。

「また遊びにくるって。お姉さんとしては、嬉《うれ》しいわよ」

つい、そんな言葉が、口から出てしまった。チョウの手が、ピタリと止まった。むっつりした表情。手にしていたホースを放り出した。ああ、腹を立てたんだ……。わたしは、胸の中でつぶやいた。チョウは、船のクーラーボックスを開ける。イナダやサバをつかみ出し、ビニール袋に入れた。

「きょうの晩ご飯、いりません」

と言った。魚の入ったビニール袋を、桟橋にいるわたしの足もとに置いた。むっつりとした表情のまま……。

「お姉さんか……。言われちゃったね」

と知子。笑いながら、イナダのお刺身に箸《はし》をのばす。一切れ、口に入れる。ビールを、ぐいと飲んだ。

チョウは、あれで、言い出したらきかないところがある。〈きょうの晩ご飯、いりません〉と言った。そう言ったら、本当に晩ご飯の時間には帰ってこないだろう。わたしは、知子の店に、航を迎えにいった。航は、テレビの前に座り、夕方のアニメ番組を観ていた。そんな姿を見ていた知子が、〈航君、かなり良くなってきたね〉と言った。わたしは、うなずいた。持っている魚を知子に見せる。うちで飲み食いしない？　そう言った。

知子、航と、うちに帰った。うちのキッチン。知子と一緒に、魚をさばきはじめた。イナダは刺身にした。サバは、フライパンで香草焼きにする。二人がヨット・ガールだった頃の合宿のように……。料理したイナダやサバをテーブルに置き、わたしたちはビールを飲みはじめた。そうしながら、わたしは、このところの出来事を知子に話した。ビールをひとくち飲み、〈お姉さんか……。言われちゃったね〉と知子は言った。

「言われちゃったわよ。でも……」

「でも？……」

「間違われるってことは……チョウとわたしって、似てるのかな……」

わたしは言った。知子は、少し考える。

「そのさ……外見が似てるっていうより、なんか、ぶきっちょなところが、似てるかも……」

「ぶきっちょ……」

わたしは、つぶやいた。そして思い出していた。わたしと知子がヨット・ガールだった頃……。ペアを組んでいたあの頃……。知子は、何事も、のみ込みが早かった。たとえば、新しい艇に乗りはじめるとき、その艇のクセに、知子はいち早く気づく方だった。〈こいつ、直進性はいいけど、反転《タック》するとき、とろいね〉などと、新しい艇の特徴を素早く見つける。同じフィート数のヨットでも、メーカーの違いなどで、微妙な差が出てくる。そこのところを、知子はいち早く気づく方だった。ヨット・スクールに、ちょっとルックスのいい男の子が入ってくると、すぐに気づくのは知子だった。わたしが気づきもしないうちに、その男の子と仲良くなっていたりするのだった。

「まあ、人間、そう簡単に変わるもんじゃないからさ……あんたは、そうやって、ぶきっちょに生きてくしかないんじゃない？」

知子は言った。わたしは、うまい反撃もできず、イナダの刺身を口に入れ、ビールを飲んだ。ビールの味が、いつもより苦く感じられた。

その夜。チョウが帰ってきたのは、10時過ぎだった。心配して、玄関に出ていく。チョウは、かなり酔っているようだった。どこかで飲んできたらしい。体が、ふらついている。ゴムゾウリを脱いで上がったとたん、よろけた。わたしは、彼の体をささえようとした。けど、重い。ささえきれない。わたしも、知子と一緒に、かなり飲んでいた。そこそこ、酔っていた。わたしと彼は、もつれ合うように、廊下でひっくり返った。彼の体が、わたしの上にあった。首筋に、彼の息を感じた。

24 残された日々を、カウント・ダウンしながら

「ぼくは……弟ですか……」

そういう声がきこえた。チョウは、わたしの首筋に顔を押し当てていた。そうしたまま、

「いつになっても……弟ですか……」

と言った。酔っている声だった。けど、心の奥の方から、絞《しぼ》り出したような声でもあった。彼にのしかかられたまま、

「さっきは、ごめん……」

「あやまらないで……。そんなのダメです。サキさん……ぼくのこと、嫌いですか……」

「……嫌いなんかじゃ……」

つぶやくように、わたしは言った。彼ともみ合っているうちに、また、酔いが回ってくるのを感じていた。ふと、このままいってしまおうかという思いにおそわれていた。さっ

き、飲みながら知子が言った。〈難しく考えないで、チョウ君と、なるようになっちゃえば。それで、飽《あ》きがきたら別れちゃえばいいじゃん〉と言った。そうかもしれない……。わたしは、彼の頭に、そっと片手で触れた。指先に、軟らかい直毛の感触。シャンプーの匂いが、鼻先をよぎった。彼の唇が、首筋に押しつけられてきた……。そのとき、

「ママ……」

という声がした。航の声だった。わたしは、チョウの体を押しのけていた。ふり向く。廊下の向こう。航の部屋から明かりがもれている。航が立っているのが、シルエットで見えた。やがて、チョウは、よろよろと立ち上がった。ふらつく足どりで、廊下を歩いていく。自分の部屋に入った。かなり乱暴に入口を閉めた。わたしは、航のところに歩いていった。航は、眠そうな表情できいた。

「チョウ……どうしたの？」

「ちょっとね……酔っぱらったのよ」

わたしは言った。航を部屋のベッドまで連れていった。寝かせる。キッチンへいき、冷たい水を、1杯飲んだ。フーッと、大きく息を吐いた。

明け方。目が醒《さ》めた。部屋の外で、足音がきこえた。枕もとの時計を見た。午前4時26

分。チョウが、仕事に出ていくところらしい。足音は、洗面所に入っていったようだった。チョウは、大丈夫だろうか……。わたしは、そっと部屋を出た。洗面所の方に歩いていく。洗面所をのぞいた。

板張りの洗面所。窓からは、うっすらと朝の明るさが射し込んでいた。顔を洗ったらしいチョウは、タオルを洗面台に置いた。ゆっくりと、2、3歩右へ……。

壁に、ウェットスーツがかけてあった。わたしのウェットスーツだ。

一昨日《おととい》、わたしたちは、大浜で水泳の練習をした。チョウはもう、平泳ぎができるようになっていた。ただし、10メートルぐらい進むと沈んできてしまう。しだいに、体に力が入ってきてしまうからだ。そのところを、なんとかするため、わたしたちは30分ほど練習をした。家に帰ってくると、わたしはウェットスーツを庭で洗い、干した。乾いたウェットスーツは、洗面所に吊《つ》るした。つぎに着るときは、この洗面所で着込むのだから……。

わたしは、ハンガーにかけたウェットスーツを、洗面所の壁にかけた。ジッパーは閉じてある。こうしておくのが、ウェットスーツの型くずれを一番ふせげるからだ。いま、濃いグレーのウェットスーツは、かすかな明かりの中にあった。長袖《ながそで》、下は膝《ひざ》までの長さ。そうして吊るしてあると、ウェットスーツは、人間の体の形に少しふくらんでいる。

チョウは、そのウェットスーツの前に立っていた。やがて、そっと右手で、ウェットスーツのウエストあたりに触れた。右手の指で、ウエストあたりに触れている。何か、ガラス細工にでも触れるように、そっと表面をなぞっている……。

時間が止まったようだった。窓からの薄明かり。チョウの姿も、ウェットスーツも、薄明かりの中にあった。チョウの右手は、ウェットスーツのウエストを、そっと、なぞり続けている……。斜め後ろからなので、その表情は、あまりよく見えない。静かな表情にも感じられた。何か、思いつめたようにも感じられた。

やがて、ウエストあたりをなぞっていた右手の指が、そっと上にあがっていく……。ウエストから、胸のあたりへ……。けれど、胸の少し下で止まった。

ためらっているのだろうか……。その指先は、胸のすぐ下で止まっていた。動かない。5秒。……やがて、10秒。彼は、大きく肩で息をした。息を吐く。そして、ウェットスーツの襟《えり》もとあたりに、額《ひたい》を押しつけた。眼を閉じ、額を押しつけた。その肩が、かすかに震えている……。

わたしは、その場をはなれた。そっと、自分の部屋に戻った。ベッドの上に、ゆっくりと倒れ込んだ。頬をシーツにあずけ、じっとしていた。何分かすると、玄関を開け、閉じる音がした。

「枝豆、持ってきなよ」

知子が言った。朝から昼過ぎまで、知子の釣り具屋で店番をした。帰りぎわ、知子がすみにあった段ボール箱を開けた。中から、枝豆を一束、とり出した。それも、農家をやっている親戚《しんせき》から送ってきたものだという。普通、夏が終わりに近づくと、枝豆は痩《や》せてくる。けれど、その枝豆は、かなり太っていた。

「ん、サンキュー」

わたしは、枝豆をもらった。航を連れて家に帰った。たちバサミで、枝豆を枝から切りはなしはじめた。そうしながら、今夜は、カツカレーにしようと思った。とちゅうで、カツは買ってきてある。カレーなら、1時間もあればつくれる。わたしは、庭に出た。鯉のぼりの順番を入れかえた。一番上に、青の鯉、その下に、赤い鯉。それは、〈栈橋にも、大浜にもいかないけど、今夜の晩ご飯はわたしがつくる〉のサインだった。わたしはキッチンに戻り、枝豆を茹《ゆ》ではじめた。

うちの縁側。わたしとチョウは、並んで腰かけていた。枝豆をつまみながら、ビールを飲みはじめていた。チョウの表情は、さっぱりとしていた。酔っぱらって、廊下でもつれ合ってから、1週間以上。彼も冷静さをとり戻したのだろうか……。けれど、いま思えば、このときすでに、チョウは決心をしていたらしい。わたしたち二人の関係に、ある決着をつける決心を……。

チョウは、枝豆の莢《さや》を1つとった。口に運んだ。2つ入っている豆の1つを口に入れた。その莢を、わたしの方にさし出した。あげるということらしい。わたしは、その莢をもらった。口に運んだ。ビールを飲む。

「……これって、間接キス……。小学生のときとかに、やらなかった？」

わたしは言った。彼は微笑し、

「やったかもしれませんね」

と言った。また、枝豆の莢を1つとる。かじる。その莢を、わたしにくれた。わたしは、残る1つの豆を口に入れた。その枝豆は太っていたけど、どれも、1つの莢に2つの豆しか入っていなかった。

彼が、1つの豆をかじる。もう1つの豆を、わたしが口に入れる。ゆっくりとビールを飲む……。それを、くり返した。〈間接キス〉などという言葉に、胸がときめいたそんな年頃。なんと遠い日々だろう……。縁側に置いた焼物の器に、カラになった莢が小さな山をつくっていく……。

パンッという音がした。家の前の防波堤で、若い連中が花火をやっているらしい。にぎやかな声がきこえていた。また、シュルシュルという音がして、小さな打ち上げ花火が上がった。たそがれの空で、赤く、パンッとはじけた。夏が、過ぎ去ろうとしていた。

翌朝、目を醒ました。水を飲みにキッチンにいった。コップ1杯の冷たい水。飲んでいると、気づいた。調理台の上に、メモのようなものがある。すみに、空のコップが、おもしのように置かれていた。わたしは、それを手にとった。四角っぽいチョウの字……。

『このままでは、苦しくて、
どうしようもありません。
もし、ぼくを弟としか思えないなら、
黒い鯉を一番上にあげてください。
もし、ぼくを一人の男として
みとめてくれるなら、
赤い鯉を一番上にあげてください。
――周』

そう書かれていた。釣り船の仕事に出ていったチョウの、置き手紙らしかった。わたしは、その文面をじっと見つめた。彼なりに、決着をつけようとしている。そのことは、わかった。いよいよ、そのときがきた。さて、わたしは……。

もし、わたしが〈NO〉を示す黒い鯉を一番上にあげたら、彼はここに戻ってこないつもりかもしれない……。ふと、そう思った。彼が使っている部屋にいってみた。やはり……。チョウの荷物は、なくなっていた。Tシャツ一枚、残されていない。あのスポーツバッグに全部つめて、持っていったらしい。

午前中は、ぼんやりと過ごした。考えがうまくまとまらなかった。チョウの釣り船が帰ってくる……彼が、海の上から鯉のぼりを見るのは、午後3時頃だ。それまでに、わたしも結論を出さなければならない。そのことだけを、ぼんやりと考えていた。

何も食べる気がしないまま、昼が過ぎた。リビングにいたわたしは、1枚のCDに気づいた。それは、チョウが忘れていったCDだった。彼の持ち物の中では、ただ1枚のCDだった。彼が、ひとりでここにいるとき、たまに聴いていたCD……。

CDのケースは、CDラジカセのそばにあった。CDそのものは、CDラジカセの中に入っているらしい。わたしは、CDケースを手にとってみた。〈TAXIRIDE《タクシーライド》〉という変わったグループのCDだった。

アルバムタイトルは〈imaginate《イマジネイト》〉。黄色っぽいジャケットの裏側に、曲名が並んでいる。その数字の11が、ボールペンで囲んであった。11曲目を、チョウはよく聴いていたらしい。11曲目のタイトルは、〈Counting Down The Days《カウンティング・ダウン・ザ・デイズ》〉。

そのタイトルを、わたしは、じっと見つめた。〈カウンティング・ダウン・ザ・デイズ〉……。直訳すれば〈日々をカウント・ダウンしながら〉というところだろうか……。さらに、ニュアンスとしては、〈残された日々を数えて〉となるのかもしれない。

わたしは、CDラジカセのスイッチをONにした。曲順をスキップする。11曲目までスキップした。

曲が、流れはじめた。シンプルなピアノのイントロ……。そして、男性ヴォーカルが、流れはじめた。それは、美しい曲だった。美しい、と同時に、哀《かな》し過ぎるメロディだった。

わたしの胸は、しめつけられた。それでも、わたしは、〈1曲だけリピート〉のスイッチを押した。曲が流れ続ける。1パートのラストは、必ず、〈Counting Down The Days〉だった。

〈残された日々をカウント・ダウンしながら〉……そのフレーズが、わたしの胸をしめつける……。彼は、この曲を、どんな思いで聴き続けていたのだろうか……。そんなの、哀し過ぎるよ、チョウ……。わたしは、心の中で、そうくり返していた。同時に、いま失おうとしているものの大きさが、胸をうっていた。

わたしは、庭に出ていった。ビーチサンダルを履いて、庭に出ていった。鯉のぼりを、おろしていく……。いまは、青い鯉が一番上にあった。わたしは、その鯉のぼりを完全におろした。そして、ゆっくりと、入れかえていく。一番上に、赤い鯉……。それは、チョウに〈帰ってきて〉を示すサインだった。

わたしは、その鯉のぼりを上げはじめた。てっぺんにある小さな滑車が、カラカラと回っている。鯉のぼりを、3メートルほど上げたところで、わたしの手は、ふと止まってしまった。

迷っている……。死ぬほど迷っている……。それは、自分でわかっていた。わたしは、しゃがみ込んだ。鯉のぼりの柱に、おでこを、押しつけていた。

涙が、どっとあふれはじめていた。顔をぐしゃぐしゃにして、わたしは泣いていた。心の中で、くり返した。〈なんで、出会ってしまったんだろう……〉。〈なんで、いま、出会ってしまったんだろう……〉。もし、いまから3年後に出会っていたら、迷わず、彼を抱きしめていただろう……。

それなのに……。わたしは、あふれ出る涙を拭《ふ》くのも忘れ、鯉のぼりの柱に、痛いほどおでこをくっつけていた。全身を震わせ、泣き続けた。

どのぐらいの時間が過ぎただろう……。わたしは、泣きやんでいた。少し、冷静さをとり戻していた。そっと立ち上がる。ゆっくりとした動作で、上げかけていた鯉のぼりを、おろした。

鯉のぼりの順番を、入れかえる……。黒い鯉を、一番上に。その下に、赤い鯉。そして、青い鯉。それは、チョウに、〈さよなら〉を言うサインだった。また、涙がにじんだ。わたしは、唇をきつく結ぶ。細いロープを引いていく。3匹の鯉が、ゆっくりと上がっていく。薄曇りの空に、鯉のぼりが泳ぎはじめた。

庭を渡る風は、ひんやりとしていた。庭のすみでは、コスモスが、つぼみをふくらませていた。わたしは、唇をきつく結び、頭上の鯉のぼりを見上げていた。上を向いていないと、また泣き出してしまいそうだった。

〈わたしたちの夏も、終わったんだよね……〉そう、チョウに向かって、つぶやきかけていた。ひんやりとした風に吹かれて、じっと、鯉のぼりを見上げていた。

チョウの姿が、葉山から消えた。〈明神丸〉のおやじさんも、その行方を知らないという。魚探などを盗んでいた中国人グループは、逮捕された。その中に、もちろんチョウの名前はなかった。チョウは、借りていたアパートも解約していた。それは、ある程度、予想していたことだった。仕方ない。季節は、夏から秋へ、確実に移りはじめていた。

25　追伸、愛してます

チョウから手紙がきたのは、秋も終わろうとする11月の中旬だった。

1通のエアメールが、ポストに入っていた。宛て先は、〈小早川咲　様〉。住所は、〈葉山町一色〉。番地の一ヵ所は間違っていた。けれど、手紙はちゃんと着いた。葉山の一色に、小早川という家はほかにないのかもしれない。わたしは、午後の庭で、手紙を開いた。

あい変わらず、四角ばった字……。


『咲さん、元気ですか。

ぼくはいま、中国の重慶にいます。

おじさんの中国料理店を手伝っています。

鯉の料理を見るたびに、

咲さんのことを思い出してしまいます。
でも、元気なので心配しないでください。
日本は、もうすぐ冬でしょうか。
風邪をひいたら、シイタケのスープを……。

追伸　愛してました。

周　雲龍』

そんな短い手紙だった。わたしは、それを3回、読みなおした。そして、パーカーのポケットに入れた。庭を出た。ゆっくりとランニングをはじめた。チョウの手紙に、彼の住所は書かれていなかった。けれど、わたしは、心の中で、返事を書いていた。

『手紙、ありがとう。
わたしも、航も、元気です。
航は、ほとんど普通の子に戻りました。
先週から、幼稚園にいっています。

わたしは、来週から、
逗子にあるスイミング・スクールで、
インストラクターの仕事をはじめます。
みんな、あなたのおかげです。
けして、けして、忘れません。

追伸　愛してます。

小早川　咲』

海岸道路をしばらく走り、細いわき道に入った。気がつくと、大浜に出ていた。彼とひと夏を過ごしたビーチに、人の姿はなかった。薄陽が射していたけれど、風は、ひんやりと涼しかった。
わたしは、ビーチで立ち止まった。ふと、眼を閉じた。心の中のスクリーン。チョウとここで過ごした夏が映し出される。彼の陽灼《ひや》けした顔。まっ白い歯。素朴な笑顔。水泳の練習をしているときの、ちょっと緊張した表情。広い肩幅。背中についたビーチの砂……。
そんな、ひとつひとつが思い出される。

たまらなかった……。また、涙がにじみそうだった。けれど、わたしは涙をこらえた。

そっと、眼をあけた。秋の色をした海が、広がっていた。

また、トレーニング・ウェア、ランニングシューズで、波打ちぎわを走りはじめた。着ている綿のパーカーのポケット。たたんだチョウの手紙が、カサカサと音をたてている。

わたしは、しっかりと唇を結び、背筋をのばし、走り続ける。後ろで束ねた髪が、リズミカルに揺れている。頭上では、3、4羽のカモメが風に漂っていた。

あとがき

虹のような恋を描きたかった。

あれは、何年前になるだろう。僕は、オアフ島のノース・ショアにいた。ハレイワの町はずれ。車を駐《と》め、一軒のサーフショップに入った。ちょうど、通り雨《シャワー》がヤシの葉を濡《ぬ》らしていた。

サーフショップで、ちょっとした買い物をすませ、店を出る。すると、雨上がりの空に、くっきりとした虹が、かかっていた。ハワイでは、よく虹に出会う。けれど、その虹は、とりわけ美しかった。

雨上がりのノース・ショアに、午後の陽が射していた。僕は、ゆっくりと駐めてある車に歩いていった。車のドアノブに手をかけふり向くと、虹はもう消えていた。

ふいにあらわれ、ふり向くともう消えている虹……。それに似て、一種の切なさを漂わせた、そんな恋もあるなあ……と、僕は胸の中でつぶやいていた。そして、いつか、そんな恋のストーリーを書きたいとも感じていた。

消えてしまう恋、失われてしまう恋は、いわば悲恋なのだけれど、それにもさまざまなエンディングがある。

悲恋物語の代表といえば、〈ロミオとジュリエット〉。あの場合、恋人の死という結末によって、いわば号泣をさそう物語の典型になっている。

それはそれとして、今回、僕が書きたかった悲恋は、少し違う。恋人の死などに代表される典型的な終わり方ではない。

ふいにあらわれる虹のような恋……。それは、出会ったとき、すでに、別れへのカウント・ダウンがはじまっている恋……。すべての虹が、必ず消え去ってしまう運命であるように。

決定的な別れの予感の中で、ヒロインは、〈なんで、いま、出会ってしまったんだろう〉とつぶやき、涙する。その姿は、〈悲しい〉というより〈哀しい〉という文字をあてた方が似合うのかもしれない。

そして、この小説の中で僕が書きたかったことが、もうひとつある。それは、喪失の痛みに立ち向かおうとする勇気だ。

自分から別れの決意をし、その結果、恋を失ってしまったヒロインは、それでもなお前に進もうとする。恋を失った、痛いほどの辛《つら》さを自分の中に感じながらも、彼女は背筋を伸ばし、明日に向かって生きていこうとする。そこには、雲間からさすひと筋の陽射《ひざ》しにも似た希望が感じられる。

〈虹のような切ない恋〉は、彼女にとって出会わなかった方がよかったのだろうか。僕は、そうは思わない。恋を失った哀しみを心に抱きながらも、彼女は、唇をきつく結び、ふたたび走りはじめる……。そのときすでに、彼女は、ワン・ステップ成長したのではないだろうか。

そして、いつの日か、〈恋の喪失感〉が〈いい思い出〉に変わったとき、彼女は、さらに魅力的な女性になっているに違いない。

そんな、凛《りん》としたヒロインの姿が、読者のあなたを少しでも勇気づけられたら、作者としては嬉《うれ》しいと思う。僕らが生きている現実の日々も、失うことや傷つくことの連続なのだから……。

この作品は、角川書店の担当編集者、加藤裕子さんとともにスタートした。けれど、加藤さんのやむをえない事情により担当を交代。角川書店の後輩である伊知地香織さんとともに、仕上げることができた。加藤さん、伊知地さん、お疲れさまでした。

いつも端正なカバーデザインをしてくれる角川書店装丁室の都甲玲子さん、今回も、うるさい注文ばかりつけている作者につき合ってもらい感謝にたえません。

そして、この本を手にしてくれたすべての読者の方々へ、ありがとう。また会えるときまで、少しだけグッドバイです。

クリスマスを待つ葉山で　　喜多嶋　隆

〈喜多嶋隆ファン・クラブ案内〉★事務局が移転しました！

〈芸能人でもないのに、ファン・クラブなんて〉とかなり照れながらも、熱心な方々の応援と後押しではじめたファン・クラブですが、はじめてみたら好評で、発足して13年目をむかえることができました。このクラブのおかげで、読者の方々と直接的なふれあいができるようになったのは、僕にとって大きな収穫でした。

〈ファン・クラブが用意している基本的なもの〉

①会報——僕の手描き会報。カラーイラストや写真入りです。近況、仕事の裏話、ショート・エッセイ、サイン入り新刊プレゼントなどの内容が、ぎっしりつまっています。

②『ココナッツ・クラブ』——喜多嶋が、これまでの作品の主人公たちを再び登場させて描くアフター・ストーリーです。それをプロのナレーターに読んでもらい、洒《しゃ》落《れ》たBGMにのせて構成したプログラムです。CDと、カセットテープの両方を用意

してあります。すでに、「ポニーテール・シリーズ」「湘南探偵物語シリーズ」「嘉手納広海シリーズ」「ブラディ・マリー・シリーズ」「南十字星ホテル・シリーズ」、さらに、「CFギャング・シリーズ」の番外篇などを制作して会員の方々に届けています。プログラムの最後には、僕自身がしばらくフリー・トークをしています。

③ホームページ——会員専用のホームページです。掲示板、写真とコメントによる〈喜多嶋隆プライベート・ダイアリー〉などなど……。ここで仲間を見つけた人も多いようです。

さらに、

★年に2回は、葉山マリーナなどでファン・クラブのパーティーをやります。2、3ヵ月に1度は、ピクニックと称して、わいわい集まる会をやっています（もちろん、すべて、喜多嶋本人が参加します）。

★当分、本になる予定のない仕事（たとえば、いろいろな雑誌に連載しているフォト・エッセイ）などを、できる限りプレゼントしています。他にも、雑誌にショート・ストーリーを書いた時、インタビューが載った時、FMなどに出演した時などもお知らせします。

★もう手に入らなくなった昔の本を、お分けしています。
★会員には、僕の直筆によるバースデー・カードが届きます。
★僕の船〈マギー・ジョー〉による葉山クルージングの企画を春と秋にやっていて好評です。
※その他、ここには書ききれない、いろいろな企画をやっています。興味を持たれた方は、お問合せください。くわしい案内書を送ります。

会員は、A、B、C、3つのタイプから選べるようになっていて、それぞれ月会費が違います。

A――毎月送られてくるのは会報だけでいい。
〈月会費　600円　12ヵ月ごとの更新〉

B――毎月、会報と『ココナッツ・クラブ』をカセットテープで送ってほしい。
〈月会費　1500円　6ヵ月ごとの更新〉

C――毎月、会報と『ココナッツ・クラブ』をCDで送ってほしい。

〈月会費　1650円　6ヵ月ごとの更新〉

※A、B、C、どの会員も、これ以外の会員としての特典は、すべて公平です。

※新入会員の入会金は、A、B、Cに関係なく、3000円です。

くわしくは、左記の事務局に、郵便、FAX、Eメールのいずれかでお問合せください。**（2010年12月に事務局が移転しました）**

新住所　〒240-0112　神奈川県三浦郡葉山町堀内1107

葉山シーサイドヴィレッジ201　〈喜多嶋隆FC〉

FAX　046・876・0062

Eメール　coconuts@jeans.ocn.ne.jp

※お申込み、お問合せの時には、お名前と住所をお忘れなく。なお、いただいたお名前と住所は、ファン・クラブの案内、通知などの目的以外には使用しません。

本書は書き下ろし作品です。

恋《こい》のぼり

二人《ふたり》で見《み》ていた、あの空《そら》に

喜多嶋《きたじま》 隆《たかし》

角川文庫 16643

平成二十三年一月二十五日　初版発行

発行者—井上伸一郎

発行所—株式会社角川書店
東京都千代田区富士見二—十三—三
電話・編集（〇三）三二三八—八五五五
〒一〇二—八〇七八

発売元—株式会社角川グループパブリッシング
東京都千代田区富士見二—十三—三
電話・営業（〇三）三二三八—八五二一
〒一〇二—八一七七
http://www.kadokawa.co.jp

印刷所—旭印刷　製本所—BBC

装幀者—杉浦康平

定価はカバーに明記してあります。

き 7-36　ISBN978-4-04-164649-6　C0193

角川文庫発刊に際して

角川源義

第二次世界大戦の敗北は、軍事力の敗北であった以上に、私たちの若い文化力の敗退であった。私たちの文化が戦争に対して如何に無力であり、単なるあだ花に過ぎなかったかを、私たちは身を以て体験し痛感した。西洋近代文化の摂取にとって、明治以後八十年の歳月は決して短かすぎたとは言えない。にもかかわらず、近代文化の伝統を確立し、自由な批判と柔軟な良識に富む文化層として自らを形成することに私たちは失敗して来た。そしてこれは、各層への文化の普及滲透を任務とする出版人の責任でもあった。

一九四五年以来、私たちは再び振出しに戻り、第一歩から踏み出すことを余儀なくされた。これは大きな不幸ではあるが、反面、これまでの混沌・未熟・歪曲の中にあった我が国の文化に秩序と確たる基礎を齎らすためには絶好の機会でもある。角川書店は、このような祖国の文化的危機にあたり、微力をも顧みず再建の礎石たるべき抱負と決意とをもって出発したが、ここに創立以来の念願を果すべく角川文庫を発刊する。これまで刊行されたあらゆる全集叢書文庫類の長所と短所とを検討し、古今東西の不朽の典籍を、良心的編集のもとに、廉価に、そして書架にふさわしい美本として、多くのひとびとに提供しようとする。しかし私たちは徒らに百科全書的な知識のジレッタントを作ることを目的とせず、あくまで祖国の文化に秩序と再建への道を示し、この文庫を角川書店の栄ある事業として、今後永久に継続発展せしめ、学芸と教養との殿堂として大成せんことを期したい。多くの読書子の愛情ある忠言と支持とによって、この希望と抱負とを完遂せしめられんことを願う。

一九四九年五月三日